# 咲きゆく時間《とき》

ナチュラルフードコーディネーター
藤村喜美
Kimi Fujimura

文芸社

# はじめに

私は小さい頃からお料理を作ることが好きでした。高校時代は、朝早く起きるのも苦にならずに、お昼の弁当を作っていくことが、楽しみの一つでした。

とにかく茄子の天ぷらは、必ずと言っていいほど入っていました。茄子を天ぷらにしてしまえば、食べた瞬間は、あまり噛むこともありません。とろけるような食感で、あとはご飯と交じり合って、飲み込んでしまうと、茄子を食べたことを忘れてしまいます。

このように、私たちの食に関する好き嫌いは、食感によるものが多くあります。

現代の子どもたちは、口の中に入った瞬間、思わしくなければ「ピーマン嫌い」「シイタケ嫌い」と、食べてもらいたいと思う母親の愛情に駄々をこねるのです。

しかし、私にとって茄子の食感は、口の中でとろけるような存在でした。例えば、「焼き茄子」「茄子の煮びたし」「茄子の天ぷら」などは、毎日食卓に置かれていても、文句を言いません。私と茄子はとても相性がいいのです。

ところで、野菜同士にも相性があるのを知っていますか。

例えば、ピーマンと茄子・タマネギとトマト・白菜と大根など、相性のいい野菜を組み合わせることで、互いの味を引き立たせて、とてもいい味になるのです。

これって、もしかしたら理想の夫婦像と言えるのかもしれませんね。

私は大学時代に料理学校へ通い始め、将来は「お料理の先生」になることを夢見ていました。授業が終わると足早に料理学校へかけ込み、誰よりも早くテーブルに着いていました。しかし、一年が過ぎても先生になるための実力が厳しい現状だったため、その夢は、はるかかなたに消えてしまいました。

ただ、諦めたのではなくて、もっと人生の先の方で、つまり年齢を重ねた時に、もう一度考えてもいいのではないかと思ったのです。

やがて私は結婚し、三人の子どもが生まれ、彼らも成長して大人になりました。そして、私が新たにお料理の勉強をさせて頂いて、人さまに喜んで頂く社会貢献とは、「ナチュラルフードコーディネーター」として、野菜や果物の魅力を研究しながら伝えていくことだと感じたのです。

最近は新しく品種も改良され、トマト一つをとっても多くの種類があることに驚かされます。しかし、トマトはトマトなのです。これを人間に置き換えたなら、私たちの周りに個性ある人間が増えたとしても、一人一人の人間が大切な存在であることを教えられるのです。

お料理をしている時に、へたや芯などの「野菜のクズ」がたくさん出ませんか。私はエコクッキングを提唱していますが、捨てようとする「野菜のクズ」をグツグツと煮ると、美味しいだしが作れます。いらなくなって捨てられるものが、お料理の味付けの一番大切な部分に変身するのです。

人も同じ。使われる場所に応じて、大切な存在となっていくのです。

山あり谷ありの人生を歩んできた年月は大切なものであり、その年齢に応じて食への関心を高めていくことは、自分自身を大切にすることだと思います。一人の人間の中にある、生きるための大事な生命力をわき立たせるものの一つが、「食べること」であり、そこには、「食べることができる」ことへの感謝が生まれます。

私たちが、暮らしの中であたり前のように食べていた野菜一つ一つに、新たな魅力を発見した時、野菜の存在自体に感謝ができ、ましてや作って下さった方への心を感じることができるのではないでしょうか。

だから、もっと野菜の魅力を研究して、野菜の良さを伝えて、より多くの方々に喜んで頂きたいと思っています。

日本には、春夏秋冬という四つの季節があります。本書では、その中で楽しめる「食」について、私なりの所感と共に綴ってみたいと思います。

# 目次

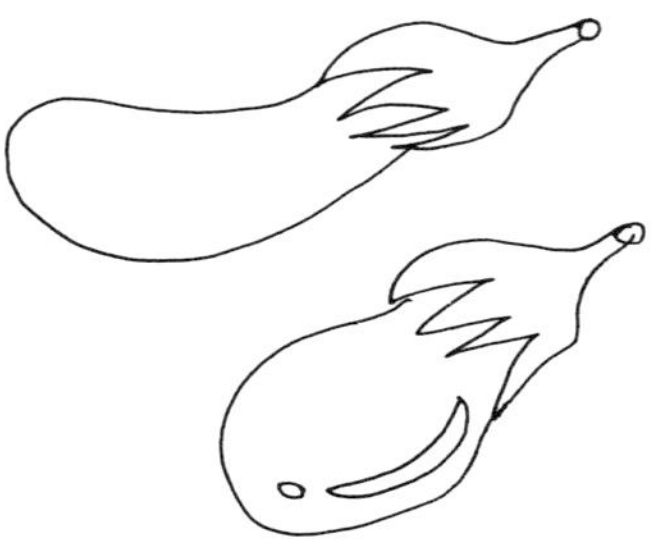

夏の味わい　41



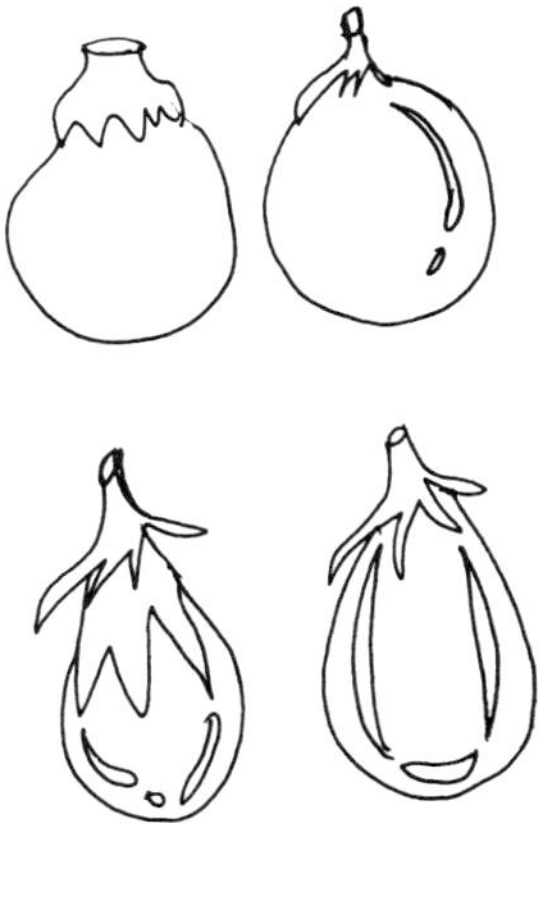

郵 便 は が き

料金受取人払郵便

新宿局承認

8436

差出有効期間
平成27年12月
31日まで
（切手不要）

160-8791

843

東京都新宿区新宿1－10－1

**(株) 文芸社**

愛読者カード係 行

| | | | | |
|---|---|---|---|---|
| ふりがな<br>お名前 | | 明治 大正<br>昭和 平成 年生 歳 | | |
| ふりがな<br>ご住所 | □□□-□□□□ | 性別<br>男・女 | | |
| お電話<br>番 号 | （書籍ご注文の際に必要です） | ご職業 | | |
| E-mail | | | | |
| ご購読雑誌（複数可） | | ご購読新聞<br>新聞 | | |

最近読んでおもしろかった本や今後、とりあげてほしいテーマをお教えください。

ご自分の研究成果や経験、お考え等を出版してみたいというお気持ちはありますか。

ある　　ない　　内容・テーマ（　　　　　　　　　　　　）

現在完成した作品をお持ちですか。

ある　　ない　　ジャンル・原稿量（　　　　　　　　　　　　）

| 書　名 | | | |
|---|---|---|---|
| お買上<br>書　店 | 都道　　　市区<br>府県　　　郡 | 書店名 | 書店 |
| | | ご購入日 | 年　月　日 |

本書をどこでお知りになりましたか?

1.書店店頭　2.知人にすすめられて　3.インターネット(サイト名　　　　)

4.DMハガキ　5.広告、記事を見て(新聞、雑誌名　　　　)

上の質問に関連して、ご購入の決め手となったのは?

1.タイトル　2.著者　3.内容　4.カバーデザイン　5.帯

その他ご自由にお書きください。

(　　　　)

本書についてのご意見、ご感想をお聞かせください。

①内容について

②カバー、タイトル、帯について

弊社Webサイトからもご意見、ご感想をお寄せいただけます。

ご協力ありがとうございました。

※お寄せいただいたご意見、ご感想は新聞広告等で匿名にて使わせていただくことがあります。

※お客様の個人情報は、小社からの連絡のみに使用します。社外に提供することは一切ありません。

■書籍のご注文は、お近くの書店または、ブックサービス(0120-29-9625)、セブンネットショッピング(http://www.7netshopping.jp/)にお申し込み下さい。

# 春の彩り

## 励ましの言葉

春、そして四月といえば、桜咲く時期です。

桜のつぼみが膨らみかけて、暖かくなってきた地方から、「桜前線」という言葉を耳にします。

やっと春がやってきました。

桜は、花びらが散ったその瞬間から、寒い冬に耐え抜く準備を始めます。厳しい寒さであればあるほど、極寒を耐え抜いた桜は、春になると見事な花を咲かせて、私た

ちを喜ばせてくれます。

ポカポカと暖かな日差しの中で満開の桜の下、子どもたちの心弾む入学式を迎えたいと願うのは、私だけでしょうか。

毎年巡り来る入学式の日のことを思い出します。

この日は、ご両親も緊張をされた面持ちで、我が子がこの学校で無事に卒業式を迎えることができるのだろうかと、少し不安な心と葛藤しながら門をくぐります。その時に迎えてくれるのは、喜ばしいかな、満開の桜です。

「きれいだね」

その一言で親子の緊張の糸はほぐれて、桜に包まれて歩いていく姿が、とても印象的でした。

お母様方の代表として彼らを迎える立場にいた私は、子を持つ同じ親の気持ちとして、「大丈夫ですよ」と微笑んであげることが、一番の歓迎の挨拶でした。

桜の花は、自分自身が厳しい冬を耐えてきただけに、思春期の子どもの心をよく分かってくれているのかもしれません。満開の桜は風に揺れながら、包みこむように、「頑張れ」と言ってくれているのです。

人間にとって大切な、素直で優しい心が見えなくなる思春期は、大人になっていくために誰もが通らなければならない大事な道であり、それゆえに、周りがどれだけの大きな心を持って接していくかが問われます。

この時期は、一つの枠からはみ出てしまう子どもたちや、はみ出ようとする子どもたちに出会います。自身の個性を通常とは違った形で表そうとする彼らが、周りから異色な存在として受けとられてしまうのは残念です。

もし、彼らが描いていた生活と現実が違っていたら……。また、先生や友人が、親兄弟や祖父母と話すような会話ができない相手だと気づいた時には、素直で優しい心を持った子どもほど、立ち上がろうとしても立ち上がれない自分に苛立ちを覚えます。

そして、心は更に反対方向へと、エスカレートしていくのです。

なぜその子どもの行動に、そのような変化が起きるのかを分かってあげられたなら、子どもの心は純粋ですから、すぐに反応して、自身への苛立ちの思いを話してくれるようになるでしょう。私は、「聞く力」は「万の力」だと思っています。

男の子でも、涙をこぼしながら、いや、こらえながら、少しずつ自分の気持ちを話し始めます。

だから、私たちが次にできることは、心からの励ましの言葉を、どれだけ相手に伝えられるかということです。

励ましは、満月のようにまーるく人間の和を作っていくことのできる、大切な声かけだと思います。

現代は、子どもたちだけではなく、大人一人一人に対しても、その励ましの言葉が少なくなってきたように思います。

お料理をする時に使わない野菜の皮やへたの部分は、「野菜のクズ」と呼ばれています。でも、スープになった時には、いい風味となって最高の隠し味となり、一番喜ばれる存在となるのです。

子どもたちも同じです。クズの子どもなど一人もいません。

日本の未来を支えてくれる、大切な一人なのですから。

## アメリカのコロラド州　デンバーの桜花

私の友人がコロラド州デンバー市に住んでいます。もちろんアメリカ人ですが、彼は日本が大好きで、日本語の勉強のために、愛知県の岡崎市へ数か月ほど滞在したことがありました。

数年前までは、メールを通して交流していました。お正月には、日本独特の凧や葛飾北斎の富嶽三十六景の絵と共に、日本語で「あけましておめでとうございます」と書いて、ビッグな年賀状を送ってくれたことがありました。

春になると、デンバーに咲く満開の桜を見に行き、日本の桜を思い浮かべながら、再び日本語の勉強をすることに喜びを感じているそうです。

そのデンバーに咲く桜の花に、一つの物語があることを知りました。

もともとデンバーという土地は、高原にあるために朝と夜の温度差が激しい場所です。その厳しい気候や土壌の条件から、地元では「桜の木は育たない」と言われていました。

しかし、桜の植樹は一九八九年に始まりました。それ以降も植樹は繰り返され、失敗するたびに、地域の人々はデンバーの寒さから桜の若木を守り、生長をさせていく方法について話し合ってきました。そうして研究や改良を重ねてこられたのです。

桜は日本を象徴する花ですが、春になると国を越えて人々の心を和ませてくれます。

木を植えることを、一つの生命を植えることと同じように感じながら、デンバーの地域の人々は、地道な努力を重ねてこられたのです。二〇一三年も彼らの手で、五十本の苗木が植えられました。その場所は市民の憩いの場となり、赤ちゃんからご年配の方々までが、桜を見ながら交流を深めておられるそうです。

次のようなエピソードもあります。

以前、私の家の隣に住んでいた女性の話です。彼女は現在、アメリカ人と結婚して、コロラドスプリングス市に住んでいます。

彼女から、「デンバーの満開の桜はとても有名で、車を飛ばして家族で見に行くことを楽しみにしています」という手紙が届いたことがありました。日本人である彼女には、普段会うことのできないご両親と、日本の象徴とも言える桜の花が重なって見えたのではないでしょうか。

桜は極寒に耐え抜く冬を知っているからこそ、人々の冬も見守ってくれているのかもしれません。桜は、それぞれの人生の冬を、すべて知ってくれているのでしょう。

# 親しき仲間と一緒に

私の家のキッチンで「ナチュラルフードクッキング」のレッスンを行なったことがあります。友人は、初めての酵素作りをとても楽しみにしていたようです。

その日のために、一週間前からイチゴ酵素を作っておきました。もちろん手作りです。

少し肌寒かった前日と異なり、その日はキッチンに太陽の光がたっぷりと射し込んでいます。テーブルの上に置いてあるイチゴ酵素の瓶が、まるで赤い宝石のように光っていました。

暖かいから、発酵が進んでいるようです。

「もう少しでザルにあけるのよ」

「早く飲んでみたいね！」

私たちはそんな会話を交わしていました。

瓶のフタを開けた時に甘酸っぱい香りが届いたのか、友人の微笑む顔が、私の心をくすぐりました。私は、その喜んで頂ける顔が見たくて、ナチュラルフードコーディネーターの道を歩き始めたのだと実感しました。

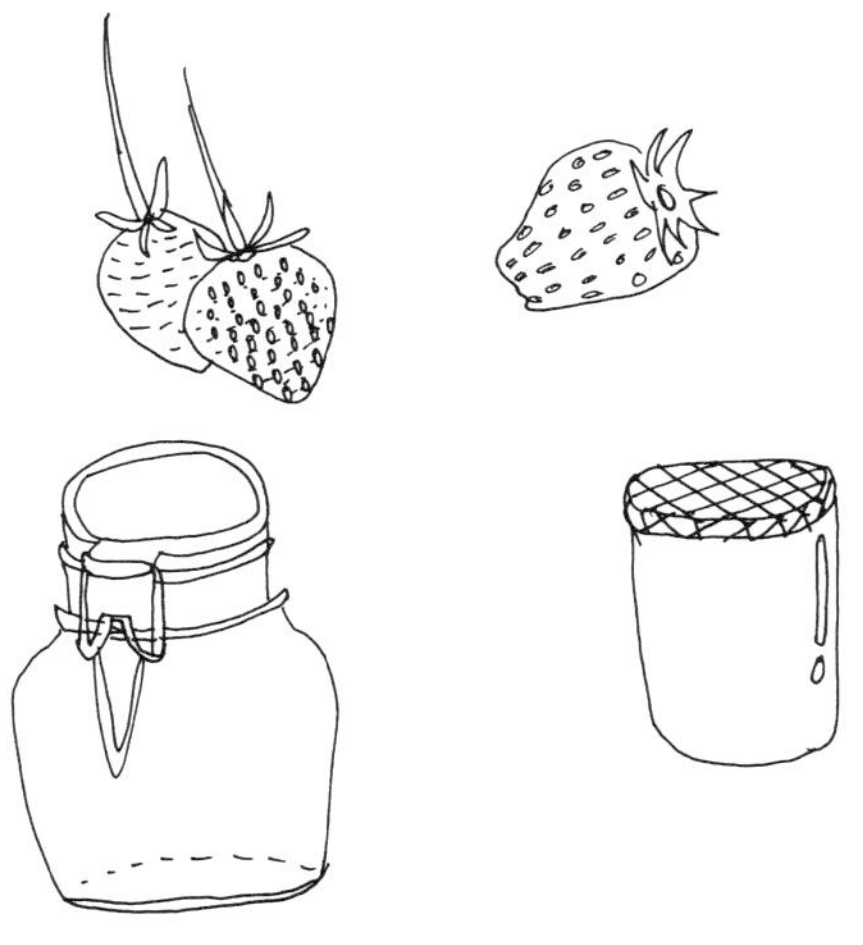

ザルにあけたイチゴは捨てないで、ジャムにします。少しだけ火を通して、最後にレモンをギュッと搾って出来上がりです。イチゴそのものに酵素がたっぷりと浸み込んでいるので、とっても美味です。

酵素を作る時は、じっくりと待ちながら、「身体のために美味しい酵素になってね」と言葉をかけることを忘れずに、ゆっくりと混ぜていきます。

出来上がった酵素は、果物によってさまざまな色合いを見せてくれるので、瓶に入れた時、「きれいな色！」と感じて本当にうれしくなります。

私の家の冷蔵庫には、リンゴ・レモン・イチゴ・キウイなど、酵素が入ったたくさんの瓶が並んでいます。

朝起きて、「今日はなんの酵素を飲もうかな」と考えるのが楽しい瞬間です。

酵素は、「美味しい！　さあ今日も頑張ろう」と思える、本当に魔法の薬のような存在です。

最近は、「待つ」ことの大切さをより一層感じます。自分に対してもそうですが、他人に対しても、待っていてあげたいと思うようになりました。その心があれば、誰に対しても、自然に言葉を選べるようになります。

人の心の琴線に触れる言葉は、たとえ落ち込んでいたとしても、一瞬でその心を救うことができます。

それで、もう一度前に向かって、歩き始められるのです。

今、悩んでいるあなたに言ってあげたいことがあります。

目の前にものすごく大きな石があって、なんとかして動かしたいと思うのですが、動かすことができません。この大きな石は、心の中の深い闇のかたまりです。

まず、小さな子どもが通りかかって、石に気づいたので持ち上げようとしましたが、あまりにも重くて、みるみるうちに顔が真っ赤になって、泣き出してしまいました。

次に、大きなお相撲さんが歩いてきました。やはり石に気づき、どけてやろうと思い、ひょいと担いで持っていってくれました。

これは、何を教えてくれているのでしょうか。

押しつぶされそうな悩みでも、心の器が大きければ、軽く持ち上げて前に進むことができる、ということです。大きなお相撲さんと小さな子どもとの違いは「心」の大きさです。自分の胸に手を当てて考えてみて下さい。

きっと、お相撲さんのようになりたいと思ったのではないでしょうか。

# 桜梅桃李

「桜梅桃李」

個性あふれる世の中で、この言葉ほど、人を愛し、人を育み、一人の人間を大事にしようとする思いが感じられる言葉はありません。それぞれの個性を大切にしたいから、桜は桜、梅は梅、桃は桃、李は李なのです。

梅は桜になることはできないから、梅の個性をたくさん引き出して、思う存分に咲き薫ればいいのです。

しかし、人はどうしても他人と比べようとします。他人と比べ秤にかけて、自分が勝っていることを証明しようとします。でも、他人よりも勝っていたいと思うそのことが、焦りの心を募らせます。それは、その人の心の善悪が見え隠れする瞬間なのです。そして、他人よりも勝っていると認めて安堵するのです。

今の時代、女性を美しく輝かせる術はたくさんありますが、その人が持つ繊細で個性的な持ち味は、人生を歩む中で徐々に作り上げられていく表情との巧みな効果の中で、別人のような装いとなり、多くの人々を魅了していくことができます。

それは女性が、「私もあの桜のようになりたい」と思う瞬間です。美に関することだけではなく、凛とした風情を持つ桜と、平凡な自分自身という花を比べようとするのです。

例えば、本の中の写真に写る素敵なワンピースを着た女性を自分に置き換えて、その服を着た自分の姿を想像するだけで、なんだかうれしくなります。

その繰り返しで、他人を意識しながら自分を磨くことが、心の栄養となります。代わりばえのしない日々の中でも、次の日にまた一歩足を踏み出していくことができるのです。

最近、ピーマンにも、赤色と黄色があるのをご存じですか。「ピーマンは緑色」だとばかり思って、スーパーマーケットの野菜売り場へ行くと、緑色、黄色、赤色と、カラフルなピーマンが並んでいることに驚きます。どの色のピーマンを食材として使えばいいのか迷ってしまいます。

ある日、夕食のメニューを決める中で、炒めものには緑色、野菜サラダには赤色のピーマンを使うことにしました。そして、その日は冷蔵庫の野菜室も華やぎました。

ピーマンという呼び名は変わらないのに、色が変わると、三種類のピーマンに出合った気分になります。一つのピーマンが三つの個性を演じているのです。少なくとも、味はそれぞれ違っているでしょうし、お料理によって使い方も変わってきます。

人も、一人の人間であることに変わりないけれど、このピーマンのように、シチュエーションによって少し色を変えてみてはいかがでしょう。他人と交わっていく中で、見過ごされることがあったり、反対にインパクトを持たれたりしますが、その人らしくその場を楽しみ、心の器を広げていけばいいのではないでしょうか。

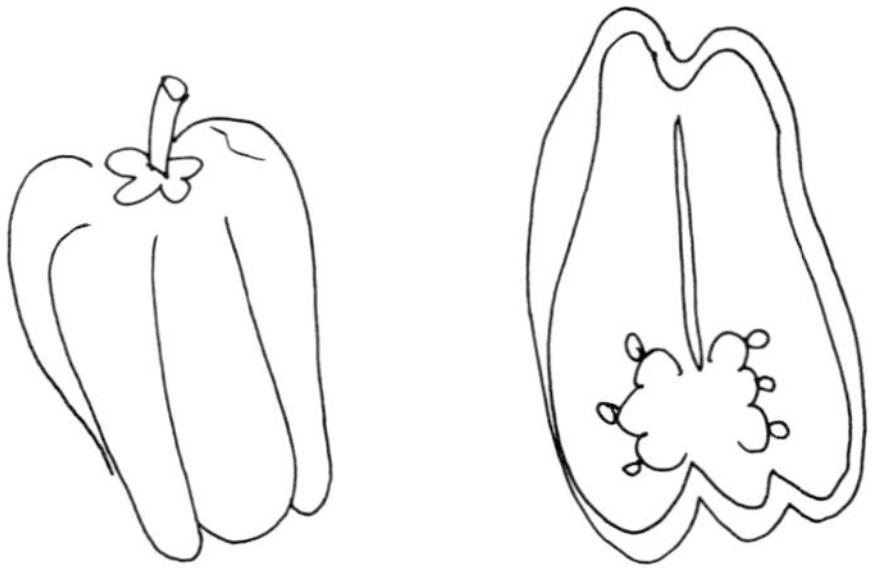

平凡な自分という素材に、どれだけの色を増やしながら絵を描いていくのか。「桜梅桃李」という言葉は、一人の人間の可能性をあますことなく最大限に生かしながら個性を尊重していくことを、教えてくれているのです。


若い人たちに伝えたいことがあります。

若くて経験が未熟なために、本当は、そよ風に吹かれて散っていくような悩みや苦しみでも、大きな石のように重くのしかかってくることがあると思います。

その時に、この「桜梅桃李」という言葉を思い出してみて下さい。

そうなのです。

あなたが桜なら桜らしくあればいいのです、あなたは梅にはなれない、あなたは桃にも李にもなる必要もないのです。

周りの人たちの個性を大切にしながら、自分の個性も大切にしていくことができたら、いろいろな個性があふれる、にぎやかな世界となっていくことでしょう。
それにはまず、自分の心を変えていくしかないのです。
そして大切なことは、自分の心が変われば周りの人の心も変わるということです。
それは、周りの環境でさえも変えていくことができるのです。

## 奇跡の言葉

「ありがとう」、それは奇跡の言葉です。

他人にはすんなりと言えるのに、一番身近にいる家族に対しては、なかなか言えない人が多いのではないでしょうか。

もしも「ありがとう」の一言が素直に言えたなら、それは家族の関係をよりなめらかにする、潤滑油の役割を大きく果たしてくれるでしょう。

家族という場所は、私たちが日々成長するところであり、そこに帰れば落ち着いた心をとり戻すことができます。また、傷ついた心を癒し、明日への新たなエネルギーをよみがえらせてくれる大切なオアシスであることを、「ありがとう」の言葉でたぐり寄せることができるのです。

そこでは、他人と交わっていく複雑な社会の中とは違い、身近な濃い関係だからこそ、相手に対して気づかうことのできる言葉が必要なのです。それが自然と口から出るように、毎日の生活の中で習慣づけていくことが大切です。

「ありがとう」の言葉がすっと言える時、人は自分の心の鎧を脱ぎ捨てることができるのです。この言葉を、一日にどれだけ言えるかによって、心の器の大小を知ることができます。この言葉を、家族の一人一人に対して心から言えたなら、その言葉が潤滑油となって、家族の関係を新鮮なものにしていくことができます。

家族だからこそ、家族のいる場所が大切なオアシスとなるために、必要な言葉があるはずです。

心からの「ありがとう」の言葉が、相手の心の琴線に触れた時、家族でさえも、お互いの心の距離を一歩ずつ縮めていくことができるのではないでしょうか。

家族の中の人間関係を円滑にしていくために、「ありがとう」の言葉を何回も言いながら、相手の心に感謝することが大切なのです。

ここで、「ありがとう」の言葉から連想したレシピをご紹介しましょう。

野菜にかけるドレッシングにも好みがありますね。

でも、野菜そのものがドレッシングに変身することをご存じでしょうか。

つまり、野菜に野菜をかけて、食べるのです。

それは、「野菜＋野菜」だと思いますか。

それとも、「野菜×野菜」だと思いますか。

単純に考えると、私たちが食べる時は、「野菜＋野菜」ですが、栄養面からすると、「野菜×野菜」になると言えるのかもしれません。

ここで、野菜がドレッシングになるということは、どういうことなのかご説明します。

例えば、真っ赤に熟したトマトに、オリーブオイル、塩、レモン酵素などを加えて、フードプロセッサーにかけると、トマトドレッシングが出来上がります。

さあ、この真っ赤なトマトドレッシングを、ガラスのお皿に並んでいるトマトの上にかけてみましょう。

とても美味しそうです。

この作品は「トマト×トマト」と言えると思います。なぜなら、見た目も栄養価値も「トマト×トマト」だからです。食べた時に、トマトの甘酸っぱさと、ドレッシングのさわやかさが掛け算となって口の中に広がり、トマト好きにはたまらないからです。

トマトが大好きな方は、このトマトドレッシングをぜひ一度試して頂きたいと思います。

同じトマトでも、少し手を加えて変身させた別のトマトと一緒になることで、トマトの味も栄養価値も、倍のものになっていきます。素晴らしいことです。でも、すべては一個のトマトから始まっているのです。

何かを成しとげようとする時に、足し算の力ではなく、掛け算の力を出していくことができるなら、思いもよらないスピードで、成功への道に向かって加速度を増していくことができます。

そこにいるのは一人だけではありません。数えきれないほどたくさんの人がいるのです。足し算だとすぐに計算ができて、すべての人の数は分かってしまいますが、一人一人が出す無限の力を掛け算していったなら……どれだけの力で成功というゴールへ導いてくれるのでしょうか。考えただけで、楽しくなってきます。

互いが無限の力を出すために、どんな小さなことに対しても、周りの人に「ありがとう」の言葉を何回もかけながら、掛け算の力を膨らましていくのです。

お皿の上のトマトは、変身したトマトドレッシングが上にかかった瞬間に、「ありがとう」と言い、トマトドレッシングも、トマトの上にかけられた瞬間に、「ありがとう」と言ったに違いありません。

「ありがとう」の言葉で、掛け算になりました。

つまり、「トマト×トマト」は、「ありがとう」の言葉で素晴らしい美味しさと栄養に変わっていったのです。

# 夏の味わい

## 祖母との夏の思い出

「母は強し」と、昔の人はよく言ったものです。

私の祖母は明治生まれでした。生きていれば百歳を超えています。

祖母は六男一女の子どもを授かりましたが、戦争で夫と次男を亡くしました。夫を亡くしたあとは、女手一つで子どもたちを育て上げました。戦後、どれだけの母親たちが、失った命に涙を流し、時代の流れに翻弄されながらも、強く生きてきたことでしょうか。祖母も、その時代の波の中で生きた母親の一人でした。


子どもの頃、夏休みになると、山の奥深い民家に住んでいた祖母の家に遊びに行くことが、私の楽しみでした。山に囲まれた静かな田舎には、私の小さな頃の楽しい思い出がぎゅっと詰まっています。

あたりは田んぼと畑ばかりで、日中にはキリギリスの鳴き声があちらこちらから聞こえてきます。

私は耳をそばだてて、キリギリスの声にできるだけ近づき、両手でゆっくりと草をかきわけます。

「あっ、いた」と、心の中で叫びながら、キリギリスが震わせている羽に向かって手をのばし、草と一緒に押さえ込むようにして捕まえるのです。

私の手の中には、キリギリスの動く感触がしっかりと伝わります。逃がさないようにゆっくりとかごまで運ばなくてはと、手に汗にぎる瞬間です。今思えば、子どもながらも心臓がバクバクとしていました。

かごに入れた瞬間、「やった！」と胸をなでおろし、ゆっくりと元の場所へ戻りました。恐いもの知らずで、なんとしてもキリギリスを捕まえたいという一心で、気がついたら畑のど真ん中まで来ていました。

それほど、虫捕りは私を夢中にさせた夏の思い出の一つです。


もう一つ思い出があります。夜になると、カエルの合唱が真っ暗な田んぼから聞こえてきます。トノサマガエルくらいのカエルならまだかわいいのですが、田舎は大自然の宝庫なので、もっと大きなカエルにも出合うことがあります。そんなカエルたちの鳴き声は長くゆっくりとしているために、合唱の中では摩擦音となり、リズムが乱れてしまいます。

私は、その摩擦音がおかしくてたまりませんでした。

カエルたちがやかましいくらいに鳴きながら、夜は更けていきます。でも、カエルの合唱を聞いていると、不思議なほどよく眠れるのです。

そして、朝になると、今度は私の大好きなカエルに出合うのです。緑色をした、小さくてかわいいアマガエルです。ヒマワリの葉の上や、ケイトウの花の上などにチョンとのって、私が近づいても逃げようとはしません。片手で捕まえて手のひらにおいてやると、じっとしたまま動かずにいるかと思えば、突然ものすごいジャンプ力で跳んでいき、どこかへ消えてしまいます。

私は必死で追いかけるのですが、アマガエルは小さいので、葉の中に隠れてしまい、いつも見失ってしまうのです。気がつくと、アマガエルを追いかけて、庭の隣にある畑にまで来てしまっていました。なんと茄子の葉の上に、一匹のアマガエルがじっとしているではありませんか。私は触りたい心を抑えながら、どこへ行くのかとじっと見つめていました。

でも、アマガエルは私の気配に気づいたのか、後ろ足を大きく蹴ってジャンプし、また逃げてしまいました。

実は、その日の朝食に、祖母が私の大好きな「焼き茄子」を作ってくれていました。アマガエルのいた茄子の葉の下にある枝に、少し前にハサミで切られたような跡がありました。

私が食べた「焼き茄子」は、きっとここから収穫されたに違いないと思いました。穫れたての茄子は本当に柔らかくて、甘いのです。

その夜、明日の朝に間に合うように、祖母は私のために、茄子の即席漬けを作ってくれました。茄子は生で食べてもとろけるような舌触りですが、一夜かけて塩と絡まるとさらにしんなりします。そして絶妙のタイミングで食卓に置かれます。

翌日の朝食がとても待ち遠しかったものです。

田舎の川の渓流は、とても冷たくて気持ちがいいものです。

私はいつも裸足になって、ゆっくりと川の中へ入っていきました。

水の中にある大小の石をそっと持ち上げると、サワガニと透明な魚がびっくりして動き出します。魚はとてもすばしっこくて逃げてしまいますが、サワガニはハサミを振り上げながら、横へゆっくりと歩き始めます。

ある日、お腹に卵をもったおかあさんガニに出合いました。卵ははち切れそうで、明日にでも赤ちゃんガニが生まれる様子でした。私はかわいいカニの赤ちゃんが生まれてくるところを想像して、どうしても手に入れたくなってしまい、器に入れて、おかあさんガニを持って帰りました。

それから、夜もろくろく寝ないで、毎日、おかあさんガニを見守り続けました。

そして三日後の朝。起きてみると、水の中に何百匹もの小さな生命が誕生していました。とてもかわいらしかったです。でも、正直に言うと、あまりのたくさんの小さなカニの動きに、ちょっと気持ちが悪かったのを覚えています。

私はすぐに、器のままカニの親子を川の渓流まで持っていき、そっと流して水の中

に戻してやりました。これで私の役目は終わったかのように、川の中に散らばってい
くカニの赤ちゃんを見ながら、「魚の餌にならないように頑張れ！」と、声援を送っ
ていたのでした。

祖母の思い出と共に、よみがえってくる田舎の風景をお話ししましたが、母という
存在についてもお話ししたいと思います。

私はまだ未完成ではありますが、「母」という偉大な存在の下で、ゆっくりと人生
を歩ませてもらっています。

自分自身が未完成な人間だと知ることで、まだまだ人生には未来があり、希望を持
つことができると思っています。

母になることはできるけれど、母であることは難しいのかもしれません。母である

前に、一人の女性であり、一人の人間であることを、見つめなければならないからです。

でも、今世において女性に生まれるということは、遠い過去からの約束だったのでしょうか。「約束などしていない」と言ってみても、女性として生まれてきたのだから、女性として生きていくしかないのです。

私という人間がどんなにちっぽけなものであったとしても、一人の大切な人間であることを、忘れてはならないのです。

母である前に、一人の人間であれ！

大宇宙の中から授かった一つの魂は、母という偉大な力を借りて舞い下りてくる天使のような存在なのです。

母のお腹から生まれた時は、何もまとうことなく、初めてこの世を肌で感じた瞬間であり、一人で大地を踏みしめて、生きていくことを約束された瞬間でもあります。

そこには、母への感謝の思いが湧き出てきます。母がこの世にいてくれることは、とても幸せなことなのです。


母への気持ちは、世界中において共通です。たとえ言葉や習慣が違っていても、人間として母を思う心を忘れずに人生を歩む人は、途中、嵐のような日々があったとしても、最後は晴れわたるような歓びを味わうことができるのです。

「平和の大地」、この言葉は母そのものを意味する言葉です。

何ものにも揺れることなく、しっかりと根を張った一本の木、そして命あるすべてのものを優しく包んでくれる大地のような存在が、母なのです。

私はこの言葉が大好きです。

人間の持つ心の悪が浮き彫りにされる「戦争」。そのまったく意味のない悲惨さを体験し、最愛の人を失った女性たちがいます。その女性たちがこの言葉を耳にしたなら、平和とは女性の笑顔が輝いていくことであり、女性こそ平和をリードしていく大切な存在であることを、私たちに教えてくれるに違いないと思います。

## 「ラタトゥイユ」の中

ラタトゥイユというお料理は、フランスの南部プロヴァンス地方、ニースの野菜煮込み料理のことです。

茄子、ピーマン、タマネギ、トマトなどを、ニンニクとオリーブオイルで炒めて、くたくたになるまで煮込みます。

作り方は簡単ですが、野菜から出たエキスそのものの味は抜群に美味しいお料理です。

野菜にはそれぞれの相性があるのですが、茄子とピーマン、タマネギとトマトは、本当に相性が良いのです。

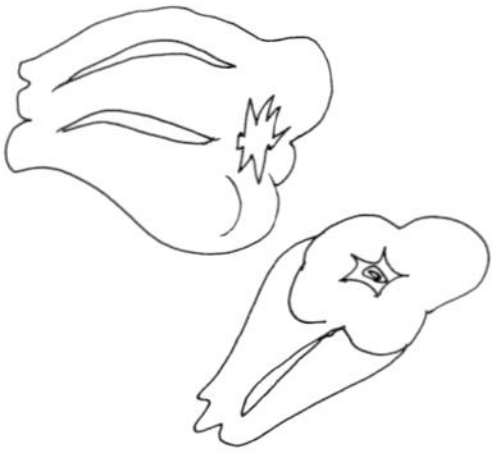

ラタトゥイユの一般的な味付けは塩とコショウなどですが、最近よく使われている塩麹は優れもの。すべての野菜の良さを引き出してくれる、万能調味料だと思います。

ラタトゥイユの調理法は簡単です。野菜を炒めて、あとは蓋をして、弱火でゆっくりと煮込むだけ。スープを一滴も入れていないのに、十分な水分と旨味がすべての野菜から出て、最後にしんなりとなって、美味しく出来上がるのです。

時間をかけて煮込むことで、野菜から出る自然の旨味が水分となり、最高のスープとなっていくのです。他の力を借りなくても、それぞれの野菜本来の持つ個性がゆっくりとお鍋の中で絡み合って、一つの最高の旨味へと到達していきます。

ラタトゥイユの中には、相性の良い人（野菜）もいれば、相性の悪い人（野菜）もいます。本来は一つになることが難しいはずなのに、他の力を借りずに、最高の味に仕上げるために、お鍋の中で揉まれながら、一つ一つの個性を生かしていくのです。

そして、出来上がった作品は、一言では言い表せないほどの旨味をかもし出すのです。

ラタトゥイユは、個性のぶつかり合いを尊重する場所なのかもしれません。お鍋の中で野菜が笑ったり怒ったり、我慢をしながら、私たちに最高の味を喜んでもらうために、手を取り合って協力し合うのです。

スープを入れなくても、野菜そのものだけで最高のスープを作り上げることができる、最高傑作の作品です。

もう一つ言えば、最初に炒めて香りを出すニンニクは、旨味の隠し味となっています。そのニンニクが土台となって、あとのさまざまな野菜が絡みやすくなっているのです。

最高の味になるためには、旨味の土台となる陰の存在も、忘れてはならないのです。

ご家族の中には茄子を嫌いな人がいるかもしれません。でも茄子は、味にクセのない野菜なのです。ピーマンだけではなく、他の野菜とも相性が良く、調理方法によって幅広く応用ができる、いわゆる万能野菜の一つなのです。

ちなみに、私は茄子が大好きですが、茄子というのは人間で言えば、協調性があって誰とでも仲良くできる、幅の広い人間かもしれませんね。ということは、私は茄子のような人間なのでしょうか。いえいえ、いつもそこへ近づいていきたいと奮闘している毎日です。

もしかしたら、好きな野菜によって、その人の人間性などもおのずと分かってくることがあるのかもしれません。

また、タマネギについて言えば、この野菜の一番の魅力は、香味成分である硫化アリルの一種で、アリシンという独特の刺激臭でしょう。しかし、煮込むことでこの辛みは消えて、味と香りは一段と良くなります。煮込むことで甘くなるために、タマネギは煮込み料理には欠かせない野菜なのです。そして、生で食べても美味しい新タマネギは、ヘルシー志向の人には欠かせない健康野菜の一つです。

タマネギの特徴は今述べたように、本来は辛いものが煮込むことで甘くなるという、手のかけ方次第でまったく逆の味に変えられることです。

これを人間にたとえるなら、今は辛口の人間でも、関わっていく周りの人たちによって、本来その人が持っていたまったく反対の甘みのある人間性を、すくい出していくことができるということでしょうか。

しかし、辛みと甘みの両方を持ち合わせるタマネギのように、逆の二面性を持つ魅力ある人間になることができたなら、人生の醍醐味をもっと味わうことができるでしょう。

そのような野菜たちが時間をかけて煮込まれることで、自分の個性を他の個性に結びつけながら、仲良く手をつないで協調し合っているからこそ、ラタトゥイユの美味しさが生まれるのです。

ナチュラルフードクッキングは、個の持つ味を大事にしながら、個の持つ味を引き立たせる、味のハーモニーを生み出すことのできるお料理なのです。だから、身体にも優しいのです。

## 初めての出会いでも

ナチュラルフードクッキング教室に来て下さる方は、お料理を作ることが好きなだけではなく、食べることにも興味と関心をお持ちです。

ヘルシー志向と言われる現代は、健康を維持していくためのより良い食事を、どのような形で摂取していけば良いのかも問われる時代です。


梅雨の時期は、じめじめと汗ばむ陽気の空梅雨かと思いきや、突然梅雨らしい雨が降り始めたりします。街を歩いていると、夏らしく半袖のTシャツを着ている人を見かけますが、雨が止んで太陽が見え隠れしてくると、太陽の光を気にしているのか、長袖の服に日傘を差しているご婦人も多く見かけます。

この季節の女性の敵はなんといっても紫外線ですが、彼女たちはそれを防ぐための対策に、あらゆる方法で挑みます。それは、色白が美人の条件の一つだと考えられているからです。

そこで、美肌を保つ「手作り酵素」を作ってみてはいかがでしょうか！

お好きな旬の果物を選んで作って頂くのですが、ここではリンゴとレモンのレシピをご説明しましょう。

〔材料〕

リンゴ三個とレモン五個（計一キログラム）

グラニュー糖一・一キログラム

乳酸菌三グラム

【作り方】

① 材料はよく洗い、皮をむかずに、いちょう切りにする（芯と種もそのまま使う）

② 瓶にグラニュー糖四分の一の量を入れて、その上に、果実四分の一の量を入れる

③　この作業を四回ほど繰り返す
④　最後に、乳酸菌を上から振る
⑤　一日に一回、十日間ほど手で混ぜる（手の常在菌が発酵を促すため）
⑥　夏場は五～七日間、冬場は十～十四日間で発酵するので、その後、ザルで漉してガラス瓶に入れ、冷蔵庫で保存する

手作り酵素は季節の旬の果物がベースになっているので、その季節のその時にしか作れない新鮮なものの味と栄養が、身体の隅々までいきわたります。

私は、朝起きて冷蔵庫を開け、酵素が入っている数種類の瓶を見ただけで、パッと目が覚めます。頭の中で「どの酵素を飲もうかしら」とつぶやきながら、今朝の自分自身の身体に合う酵素を探し始めているのです。

この時に選んだ酵素が、その日一日のすべてをハッピーな色にしてくれるのです。

酵素はとても美味しいのはもちろんですが、それぞれの果物によって、出来上がりの色も異なり、見ているだけでも心が楽しくなってくるのですから、とても不思議です。果物が持つ自然な色の色素から搾り出される酵素の色は、透き通っていて、とても神秘的なのです。

私のナチュラルフードクッキング教室でのテーマは、「さびない身体とさびない心」であり、すべてに美しく、そしてすべてに感謝の心を持って、お料理を作っていくことです。

人は知らないところへ行くと、慣れるのに時間がかかるものです。私の教室では、テーブルに着いた時、ほとんどの方が初めての出会いになります。でも、すぐにお互いに打ち解けられて、ランチを召し上がり、笑顔でお帰りになられます。

私の教室には、ナチュラルフードという言葉そのものに興味を持っておられ、野菜そのものがどのようなお料理に変わっていくのかを、楽しみにしていらっしゃる方が多いのです。

野菜だけを使って美味しい味を作り出せることを知ることは、それぞれの野菜への関心をより深めてくれます。そしてそれは、一つの調味料だけで調理される野菜そのものの味に初めて出合う瞬間でもあるのです。

そして、その野菜に新たな興味を持った瞬間に、野菜を通して、初めて出会った人たちの心をさわやかに結びつけていくのです。

野菜のことをもっと知りながら、野菜と手をつないで友人になっていくことは、人と人との隙間を埋めていく、大きな力となっていくのかもしれません。

私のナチュラルフードクッキング教室は、野菜料理を作るだけではなく、人と人との新しい出会いの場所の一つでもあるのです。そのことを喜んで下されば、身体も心もさびることなく、本当の意味でのヘルシー志向を目指していくことができると思っています。


うれしい言葉があります。

「思ったよりも楽しくて、今まで知らなかった野菜のお料理を学ぶことができました」

「初めてお会いした方とも、楽しくお料理を作らせて頂きました」

「たくさん食べたのにお腹に残っていませんね」

ナチュラルフードクッキングは身体に優しいお料理なので、もちろんお腹にも優しいのです。

最後の言葉は、人が生きていくために必要な野菜を、どのような調理方法でならお腹への負担を減らすことができるのかを考えていく上で、大切な言葉だと思います。

その野菜が本来持っているものを壊さずに、上手に引き出しながら味付けをしていくことで、その味の中に、本来の野菜の旨味がジワッとしみ込んでいきます。それを口にして、「本当に美味しい」という言葉が言える時こそ、私たちのお腹はとても喜んでいるのです。

そして、美味しく味わう上で大事なのは、お料理を作って下さった方への感謝の心を忘れないことです。

「美味しいね」の一言はその場を和ませ、お料理を作る人も食べる人も素敵な気分にしてくれます。

そこに、野菜への好奇心がほんの少しだけあれば、いろいろな野菜たちが人の和を保ちながら、尽きることのない話題を提供してくれるはずです。

ナチュラルフードクッキングは、心にも優しいお料理なのです。

# インドカレー

神戸は昔から、外国人がたくさん住む街です。

北野町はＮＨＫの連続ドラマ「風見鶏」の舞台にもなり、異国情緒あふれるあこがれの街としてたくさんの人が訪れています。

六甲山を背にした神戸港は、港町神戸の玄関口にもなっています。

豪華船「神戸コンチェルト」は、一九九七年七月、神戸港のシンボルとして神戸ハーバーランドに就航しました。

それ以来、たくさんの観光客だけではなく、神戸に住んでいる私たちも、忙しい日々の生活から離れた海上でのクルーズで、身も心もリフレッシュしています。

毎年夏になると、「コンチェルトの花火クルーズ」がやってきます。神戸の素晴らしい夜景をバックに打ち上げられる色とりどりの大輪の花火を、船上からゆっくりと観賞しながら、何もかも忘れて真夏の一夜を満喫するのです。

二〇一三年の夏も早々と満員御礼でした。

その日には、神戸港には外国人の家族も見られます。色白で金髪の女の子がかわいい浴衣を着て、お父さんとお母さんの傍で、夜空に舞い上がる花火に「ブラボー!」と叫んでいる姿は、一幅の絵のようです。

神戸の街中では、インド人のご家族もしばしば見かけます。

知り合いのあるインド人のご夫妻とは、もう二十年来のおつきあいをさせて頂いています。

奥様が自宅を開放してインド料理の教室をしていた時に、「これぞ本当の野菜カレー」と舌をうならせたカレーにめぐり合いました。もちろん、ルーの作り方から手ほどきを受けて、十種類のスパイスの説明もじっくりと聞きました。インドのお香の香りいっぱいの部屋は、日本にいることを忘れさせてくれるかのようでした。

インドカレーといえば、辛いイメージがありませんか。たしかに、あまりにスパイスが激辛だと、カレーの美味しさを楽しむどころではありません。

インドでは、宗教上の理由で牛肉を食べない人はたくさんいますが、彼女もその一人なので、野菜をふんだんに使ったお料理を好みました。そして、彼女が私たちに教えてくれた野菜カレーは、今までに食べたことのないマイルドな味のカレーでした。地方によるかもしれませんが、本場のカレーの色は、私たちが日本で食べているカレーの色よりももっと薄いクリーム色をしていて、一言で言うと、まったく辛くないのです。

ナチュラルフードクッキングでも、野菜の味を引き出すために塩やしょうゆは欠かせませんが、ハーブやスパイスも、使い方次第で野菜を上手に引き立ててくれます。

私たちはよくお料理にニンニクを使いますが、最初にオリーブオイルで加熱をして、香りを出してから調理をすると、野菜の美味しさにコクが加わり、疲労回復に役立ちます。

また、青ジソ、バジル、みょうがなどは香りも良く、食欲をそそりますが、その独特のさわやかな香りは、すべての野菜と相性がいいのです。

ナチュラルフードクッキングは砂糖を使わないので、ドレッシングを作った時に、風味づけとしてレモンが欠かせません。他には柚子、カボス、すだちなどは、お酢の代わりに使うとさわやかで、酸っぱい味が苦手な人にも好まれます。

トマト好きの方は、家庭菜園でタイム、バジル、オレガノなどを育ててみてはいかがでしょうか。これらの香草はトマトによく合い、トマト料理をされる時にはぜひお傍に置いて下さい。とてもいい風味になり、美味しいトマトをより素敵な味にしてくれます。ちなみに、オレガノには消化を助ける働きがあり、これらはトマトととても相性がいいのです。

ナチュラルフードクッキングだけでなく、すべてのお料理において、隠れたスパイスは最高の味にするために必要とされるものです。

この名脇役は私たちの人生においても言えることで、成功の陰には、寄り添うように助けてくれる誰かがいて、それは目に見える時と見えない時があるものです。その脇役は両親や子どもの時もあるでしょう。また、周りの人が知らず知らずのうちに助けてくれていることもあるはずです。

ある人が、「私は後ろにも目がついている」とおっしゃっていましたが、四方八方に目を配りながら、敏感に人の心を察知していけるようになりたいものです。心が鈍感になってはいけません。心を濁すことなく、常に清水で潤しながら、人の心に寄り添えればと思います。

さて、インドの野菜カレーの作り方をレッスンして下さった時に、私が一番教えてもらいたかったナンの作り方を覚えることができました。小麦粉を手でこねるのですが、彼女が母親から教わった作り方を、ていねいに教えてくれました。ガスオーブンで焼いたナンは、生地と生地の間にふっくらとした空間ができて、もちっとした食感です。これに野菜カレーをつけて食べると二重の美味しさとなって、口の中いっぱいに広がっていきました。

会食に入り、友人とそれぞれの近況を語り合いながら、インドの古典音楽が流れる中で野菜カレーを食べるのですが、心だけは瞑想の世界へと導かれていくような感覚でした。

インドには、悠久の時を流れるガンジス川があり、多くの人がそこで沐浴をします。死体が浮いている川の中でさえも身体を清めるのです。人間の生と死の狭間に生きる私たちがたどり着かなければいけない、原点の国のように思います。

彼女から教わった野菜カレーは、そんなインドに古くからある何十種類ものスパイスと野菜本来の旨味が上手に絡まって、本当のカレーの味を作り上げたのだと思います。

世界中の人々とのふれあいによって、ナチュラルフードに関するたくさんのことを学ぶことができます。その国の文化の中で野菜がどのように変化をして、食卓の上に飾られるのか。その家の家族の心を慈しみ、育んでいく大事な役割が、お料理を作る人には与えられているのです。

インドにも素晴らしい文化があり、また、日本にも大切な文化があります。文化を大切にする心の中に、ナチュラルフードの世界は大きく広がっていきます。

## 緑のカーテン

私の一番好きな色は、グリーンです。グリーンのスカート、ブラウス、ジャケットなど、洋服のどこかにグリーンを身につけると心が落ち着きます。

グリーンが好きな人は平和主義者であり、人との争いを好まないのではないでしょうか。言い換えれば、女性を象徴する色のように思います。本来、女性が持っている母性の中には、争いごとを嫌がる傾向があります。

グリーンには、バランスを上手にとっていく調和効果があります。例えば、心のバランスが崩れかけている時、人はグリーンを自然のうちに欲しているのです。庭の木々を静かに眺めながら考え事にふけってみたり、緑葉植物を愛情込めて育て、それが大きく生長した時に喜びを感じたり、森林浴を楽しんだりと、生活の中で、グリーンを心のバランス調整に使っている時がたくさんあります。

色彩があるから世の中が明るくもなり暗くもなるのであり、そのさまざまな色合いの中で、人の心は微妙に動いています。

喜びの色、悲しみの色、さわやかな色、恐怖の色など、今日という一日を生きながら、さまざまな色でその人の心のキャンバスに絵が描かれていくのです。

私は、ナチュラルフードクッキングがエコクッキングの代表だと思っています。野菜のクズを利用して、水からグツグツと煮てスープを作る方法は、どのような時代になっても、人の味覚を狂わせることはありません。野菜を使うお料理はそのスープが隠し味となって、一段と美味しく仕上がります。

今、地球は環境破壊の危機にさらされています。そのために、「エコ」という二文字を、いかに一人一人の生活の中に浸透させていくかが、大切なこととなってきます。「エコ」について学ぶことは、環境への優しい心遣いです。

もしも「エコのマークに色をつけるとしたら何色ですか」と聞かれたら、私ならグリーンを選ぶでしょう。

その理由の一つに、省エネ対策としての緑のカーテンがあります。夏になると、日よけのためにゴーヤで緑のカーテンを作っているご家庭をたくさん見かけるようになりました。緑のカーテンとは、植物のツルや葉で窓を覆って、家の中をより涼しくするためのエコなカーテンのことなのです。ゴーヤの大きく生長した葉で、窓から入る直射日光を遮光できる上に、植物は常に水分を蒸発させているので、そこを通る風はとても涼しく感じるのです。本当に不思議です。

ここで、ゴーヤ以外でグリーンのカーテンに適している植物を紹介してみましょう。例えば、ヘチマ、テラスライム、夕顔、ルコウ草、フウセンカズラなどがあります。私はテラスライムの黄緑がかった葉の色がとても好きなのですが、以前にフウセンカズラで緑のカーテンを作ったことがありました。薄い緑がかった白い花を咲かせて、名前のごとくかわいい風船のような果実がなんとも愛らしくて、とても素敵な緑のカーテンになってくれました。また二〇一三年の夏も花が咲き、かわいい風船がたくさん見られました。

このように、水をこまめにやっている自分のお気に入りの植物が、太陽の光をいっぱい浴びて大きく生長していく様子を楽しめると同時に、暑い夏の日であっても清涼感をもたらすカーテンに変身してくれるのです。このフウセンカズラとタッグを組んだような心地好い生活感をお分かり頂けるでしょうか。

もちろん植物にも命はありますが、大きく生長したみずみずしい葉のおかげで家の中がとても涼しくなり、熱中症予防の一役も担ってくれて、このタッグに関しては一石二鳥どころか、一石三鳥と言ってもいいのではないかと思うのです。

やはりグリーンは、人の乱れた心のバランスを癒してくれる、私たちの生活には欠かせない色なのかもしれません。


ここで、ナチュラルフードクッキングから、グリーンをイメージした一品をご紹介しましょう。

それは、「グリーンガスパチョ」です。

材料には何を使うと思いますか。

一つ目は、フルーツの味を生かすための、ビタミンCたっぷりのキウイです。

次に、夏のグリーンの野菜を使います。ピーマン、オクラ、キュウリ、ズッキーニなどがありますが、キウイベースのさわやかな味にしたいので、キュウリとズッキーニを選びました。

さらに、アクセントをつけるために、すりおろしたタマネギを少々入れて、ビネガーとオリーブオイルで仕上げます。最後に、レモン酵素を入れることをお忘れなく。あとはワイングラスに入れて冷蔵庫で冷やし、食べる直前に食卓に置きましょう。

身体の中がきれいに洗われていくようで、一さじ口に入れるたびに、心地好い清涼感を覚えるのです。

特に女性は、心も身体もきれいになりたいと思い、とても欲張りになってしまうものですが、グリーンの野菜には、さまざまな病気から私たちの身体を守り、元気を保つ働きがあると言われます。暑い夏を乗り切るために、先ほど紹介した四つの夏野菜を日替わりでもいいですから、毎日の食卓に取り入れて頂きたいのです。

心のバランスを崩してしまう前に、グリーンの世界を見つけて、グリーンの野菜と出合ってたくさん食べて、元気を出して頂きたいと思います。

## デザート

「デザートは何が食べたい？」と聞かれると、私は即座に「わらび餅が食べたい」と答えます。

友人と喫茶店へ行くと、必ずと言っていいほど、「ケーキセットを注文しようよ」と誘われます。

ケーキセットは女性が注文するデザートメニューの定番ですが、私にとっては、わらび餅の口の中でとろけるような感覚が心を落ち着かせてくれます。もう一つは、無味なきな粉に蜜をかけて食べるのですが、自分の好みの甘さが、その日の気分を優しく包んでくれるのです。ちなみに、私は黒蜜が好きなので、甘みがほしい時は黒蜜ベースのデザートを選んで注文します。

和菓子の店へ行くと、すぐに目につくのがわらび餅ですが、店によって硬さが微妙に違っています。抹茶を飲んだあとに、プルンとした柔らかい舌触りのわらび餅を食べると、口の中の苦味が、とろけたわらび餅で流されていくようで、心からの満足感を覚えるのです。

私は自分でもわらび餅をよく作るのですが、なるべく柔らかくて、口当たりの良いものになるように、最後の火加減に心を配ります。

木べらでかき混ぜながら、「これでよし！」と思ったところで火を止めます。あとは、半透明なわらび餅をバットに流し入れて、冷水の中で冷やします。

「今日のわらび餅は、とても舌触りが良さそうです。きな粉にほんの少々塩を入れます。これにたっぷりの黒蜜が絡まって、食べた人が舌を唸らすかもしれませんよ」

こんな独り言を言いながら、出来上がりを待ちます。

この日は、大学の友人と十年ぶりに会うことになっていました。

野菜料理をごちそうしたあとのデザートとして、黒蜜わらび餅を食べて頂きました。

「いかがですか」

「ほんの少しだけ、きな粉に塩味が効いていることと、わらび餅のほど良い柔らかさが黒蜜の甘さを引き立てていますね。とても美味しいです」

言ってほしかったお褒めの言葉を頂きました。

「ありがとうございます」という時の顔が、満面の笑みで喜んでいます。もしその顔を鏡に映したなら、きっと気恥ずかしくなるだろうと思いました。

美味しいお料理のあとは、必ずと言っていいほど、デザートも美味しいものです。それはきっと、デザートという最後の味覚で、その時食べたすべてのお料理が美味しかったことを、舌で感じたいと思うのでしょう。

「本当に美味しかったね」

この言葉は、お料理を作る人にとって、これから先もさらに自分を磨いていくための、魔法の言葉なのです。

この魔法の言葉をかけられた私は、次に食べて頂く人のために魔法をかけるのです。それは、褒めて頂いた喜びは、次に人を喜ばせることができるステップとなるからです。

「デザートは別腹よ」

「口直しに甘いものでも食べましょう」

「なんのスイーツにしようかな」

女性の会話でよく耳にする言葉です。


別腹とは……？

実際には存在しないお腹を指しているような表現ですが、どんなに美味しいお料理をたくさん食べたあとでも、デザートなら入るということです。

でも、上品な女性が「ケーキは別腹よ」と言って、がつがつ食べ始めると、その場がちょっと興ざめしてしまいます。

口直しとは……？

本来は、美味しくなかったお料理を食べたあとに、口の中の機能修復をするという意味の言葉です。

最近は、美味しいお料理を食べたあとでも、「お口直しにデザートを食べに行きましょう」という場面をよく見かけます。

スイーツとは……？

なんとなく甘く囁くような声と仕草で、人を誘惑しそうな雰囲気を持つ言葉のように感じられます。本来は、甘いケーキやお菓子を指します。

「スイーツを召し上がれ」と、優しく言われ、そのあとにウインクでもされようものなら、身体がゾクッとして、固まってしまうかもしれませんね。

どの言葉を使っても、女性の心をくすぐるにはもってこいです。

ナチュラルフードクッキングにも、デザートがたくさんあります。

ただ、甘みにほとんど砂糖は使わないのです。使うのであれば、メープルシロップで、無理のない甘さに仕上げます。

ここで、酵素がお菓子作りにも役に立ちます。

私の冷蔵庫の中には五種類の酵素が入っています。スモモ酵素、梅酵素、レモン&キウイ酵素、トマト酵素、リンゴ&レモン&ニンジン酵素です。

お菓子を作る時に、この五種類の酵素から一つを選んで必ず入れます。フワッと甘酸っぱいような香りが広がって、よりヘルシーなお菓子へと仕上がります。

例えば、ドライトマトを使ってケーキを焼く時には、トマト酵素を入れます。

リンゴのコンポートを作る時には、リンゴ酵素を入れます。

ニンジンのシャーベットを作る時は、オレンジ&ニンジン酵素を入れます。ナチュラルフードクッキングは掛け算の美味しさを楽しむことができ、かつ身体に優しくてヘルシーです。多くの人に知って頂きたいと思います。

酵素は好みの果物を使って、楽しみながら作ることができます。酵素の使い方は人それぞれ千差万別であっても、その鮮やかな色と香りは、きっと心を新鮮にしてくれるでしょう。

さあ、酵素作りを始めてみませんか。

きっとその美味しさに、虜になるはずです。

ここでデザートを一つご紹介しましょう。

オクラは、そのネバネバの中に夏を乗り切るのに必要な栄養分をたっぷり含んだ野菜の一つです。

そのネバネバを黒蜜と絡ませて、お好きなフルーツとコラボレートしてみませんか。

まず、オクラはさっと茹でて、黒蜜とほんの少々の塩を入れて、フードプロセッサーにかけます。ここで、隠し味の抹茶を少々入れて下さい。

オクラのグリーンがより深みのある色になり、風味も良くなります。

フルーツは、オレンジとキウイとリンゴを使います。ガラスの器に並べて入れ、その上からオクラをそっとかけて下さい。

野菜と果物が仲良く手をつないだような、和風の「オクラ黒蜜」の一品が出来上がりました。

そして、もう一つの隠し味になるのが、塩です。

果物はもちろんですが、どの野菜も、本来は甘みがたっぷりと詰まっています。その甘みを引き出すために、塩は欠かすことのできない大切なパートナーなのです。塩は、お菓子作りの引き立て役で、人の身体も、塩なくしては生きることができないほどの優れものと言えます。

塩は、食べ物の持つ本来の旨味を「個性」として引き立たせるための脇役です。人の輪の中でも、塩の役目を誰が演じているのかを見つけ出すことができる人は、本当に賢い人です。

脇役になれる人も、脇役を見つける人も、共によきパートナーとなっていくことは間違いありません。

塩にも、値段の高いものから安いものまであるようですが、どれも「辛いもの」と一概に決めつけないで、お口に合う良い塩を見つけられてはいかがでしょうか。

選んだ塩の独特の辛みが、身体を大切に保ってくれる脇役となるのですから。

## 家庭菜園

「猫の髭」という植物をご存じでしょうか。

花びらは小さくて白いのですが、細くて長く伸びたおしべとめしべが、やや上向きにピンと反り返り、ユニークで長い様子が、猫の髭を連想させることから、この名前がついたと言われています。

インド、東南アジア、マレー半島が原産ですが、日本においては、薬用植物として導入されました。葉に利尿作用や血圧を下げる効果があるため、「クミスクチン茶」

という名前の健康茶の一種になっています。また、インドネシアでは有名な民間薬で、尿路結石、マラリア、糖尿病など、さまざまな病気の治療に広く用いられているのです。

ちなみに、クミスクチンはマレーシアでの花の呼び名です。長く伸びているおしべが猫の髭のように見えることに由来しているようです（クミス＝髭、クチン＝猫）。

私の家の玄関先にも、鉢植えで猫の髭があります。毎年、白くて可憐な花が咲き、上向きにおしべとめしべが凜と反っており、まさしく猫の髭のように見えます。その姿は、天使の羽をつけて、すぐにでもどこかに飛んでいきそうな感じさえします。なんとも優雅なニャンコのお髭です。

地元地域の小・中学校の花壇に、子どもと共に花植えをして、花壇作りをするというプログラムがあり、たくさんの方が参加して下さっています。

私もその参加者の一人ですが、子どもを守るために学校と地域が一体となって協力をし合うのは、とても大切なことです。行事によっては、子どもも参加することができます。

花壇作りの様子を見ていると、地域のおじさんやおばさんが、子どもと一緒になって土を触りながら、花の植え方を教えて下さっています。

「えっ！　どうやって植えるの」

「もっと土を深く掘って、花は植えんとあかんで」

子どもははにかみつつも、自分たちが植えた花を植えなおそうとして、汗をかきながら、土だらけの手を動かします。

「花を植えたら、根のところに上からもっと土をかけてやりよ」

「分かりました」

「さあ、あとは水をたっぷりとやってね」

子どもはほっとした様子で、ジョウロを持って水を入れに行きました。

水をやりながら、一人の子どもが、

「毎日の水やりは大変やわ！」

と、言っていました。

夏休みには、子どもと地域の方との連携プレーで、毎日花に水をやっています。花壇では花が真っ盛りです。


次の年は、家庭菜園ならぬ学校菜園として、夏の野菜を収穫するために、春頃から苗を買って植えてみてもいいかもしれません。

家庭菜園では、ミニトマトやキュウリなどを作る人が多くいます。また、緑のカーテンの代表とも言えるゴーヤは、作って良し、食べて良しと、二重の味わいが楽しめます。自分で作った野菜を収穫し、その日に食べることは、何よりも心が弾みます。食べる時に感謝をして、「収穫したての野菜は、美味しいね」と言いながら味わう瞬間に、身体の中のさびている部分が洗われていくように思えるのです。

私も家庭菜園をしています。自宅から車で二十分程かかりますが、山の裾野に大きな畑が並んでいます。そこにはたくさんの人が畑を借りて、野菜や花を作っています。私の畑と言っても、ほとんどは私の両親が楽しみながら野菜作りをしています。

土を耕す前には、ＥＭという多目的微生物資材（乳酸菌、酵母、光合成細菌を主体とし、安全で有用な微生物を共生させたもの）を使って、家で生ごみを発酵させました。それを畑へ持っていき、土の中に埋めて、土壌作りを念入りに行ないました。この時期は一番大変ですが、美味しい野菜を作るための大切な期間でもあります。

両親はこの地味な仕事を頑張ってくれて、生ごみが発酵するたびに車で畑へ持っていき、何か月もかけて土を耕してくれました。

そのおかげで毎年、市場では買えないような、大きく育った旬の野菜を食べることができるのです。食べることに感謝をすると共に、その野菜を作ってくれた両親へ感謝をすることは言うまでもありません。

この畑で作られた野菜は、私のナチュラルフードクッキング教室でも好評です。それは、野菜が柔らかくて、とても甘みがあるからです。農薬を一切使わずに、時間をかけて耕した土壌のパワーを、野菜たちが使いこなしているのです。

そのために、茄子やタマネギが大きく育つのですが、実際に野菜を見た人は、きっと驚くはずです。

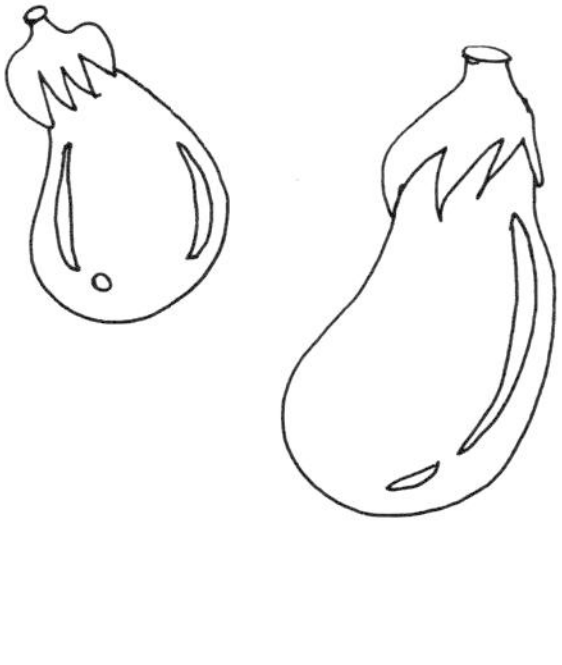

ＥＭを使うことで、野菜にとって理想的な栽培環境が作られ、野菜が本来持つ能力を引き出すことができます。このことは、数年前に、近所に住む闊達な一人の女性から聞くことができました。また、野菜だけではなく、川や海の水をも浄化していけると、彼女は熱く語って下さいました。

夏の暑い時期、食卓に並ぶ美味しいお料理を食べたあとにデザートがあれば、最高ですね。

ナチュラルフードクッキングでは、野菜を使って美味しいデザートがたくさん作れます。

私の畑で収穫したニンジンはとても甘くて、オレンジジュースと合わせると、ゼリーやシャーベットに最適です。

また、キュウリは市場で売っているものよりも太くて長いのが特徴です。最近も収穫されたものを見て驚きましたが、長さが三十センチメートルほどあり、とても食べごたえがありました。そして、太さも直径が三〜四センチメートルもあり、水分が多くてみずみずしいのです。

そのキュウリを、リンゴジュースと合わせてゼラチンとレモン酵素を入れると軟らかいゼリー状のようになるので、それを冷蔵庫で冷やします。

果物で作るゼリーも一般的で美味しいですが、野菜で作るもう一つのゼリーは、美味しさと栄養が重なり合って、身体の中がきれいになったような気分になるのです。

美しさと健康は、お料理を作ったり食べたりした時に、心がどのように感じるかが大事なのです。野菜の新しい料理方法に出合うことで、心が新鮮になり、身体が本当に「美味しい！」と感じて、喜んでくれます。

暑い夏だけでなく一年を通じて、美味しい食事の後のデザートは、本当の満足感を与えてくれるはずです。特に女性はデザートには目がないので、しめくくりに本当に美味しいデザートを食べた時に、百パーセントの満足感を味わうのです。

食後のコーヒーを飲みながら、野菜で作った甘みの少ないヘルシーなケーキを食べてみてはいかがでしょうか。

甘い生クリームたっぷりのケーキが好きなあなたでも、野菜で作ったケーキのちょっと違ったシンプルな味に、きっとご満足を頂けると思います。

# 秋の楽しみ

## タンザニアの青年

Windows XPが最盛期だった頃、私は一人で小さなパソコン教室をやっていました。この教室に来て下さる生徒さんのニーズに応えて、どのような小さな質問にも答えるようにしていたので、大変に喜んで頂きました。

毎日、午前中のレッスンを終えて昼食を食べたあと、私はパソコンに向かい、メールを通して、海外へメッセージを送ることが日課となっていました。もちろん、簡単なメッセージです。数日後、相手から返事が返ってきます。そして、今度は私が返事を書きます。

この繰り返しで、英語を書く力が自然に身につきました。そして、自分が書いて送った英文は記憶することができ、話す時にも、簡単な言葉なら、自然と口から出てきました。

あとで考えれば、このような英語の勉強は、海外へ行きたくても行けない人にお勧めしたい英語力アップの一つの方法です。

ある日、受信メッセージの一つに、タンザニアの青年からのものがありました。

「コンピュータがほしい」

彼から同じ内容のメッセージが何回か届くようになりました。

よほどコンピュータがほしいのだろうと思い、とても気になって仕方なく、彼に返事を書くことにしました。

「私はコンピュータを持っていない。あなたは大学生ですか」

「はい、そうです。大学で使うために、私自身のコンピュータがほしいのです」

もちろん、私は彼に差し上げられるようなコンピュータなど持っていなかったので、代わりに何冊か本を選んで、送ることにしました。

すると、彼はとても喜んでくれて、読んだあとには、その本を同じ大学寮の友人に順番に貸してあげていたようです。彼が友人と一緒に笑いながら本を読んでいる写真を送ってきてくれました。そのさわやかな笑顔を見て、タンザニアという国に幸福の風を送りたい、もっと素晴らしい国になっていってほしいと願わずにはいられませんでした。

二十一世紀は「アフリカの時代」と言われていますが、タンザニアの未来を担う逞しい青年たちと交流ができたことは、私にとっても大切な財産となりました。

アフリカは、土をこよなく愛し、地球という星ができた時の原点となるところであり、未来においても、さまざまな可能性を秘めている場所であると思います。

彼らは今、その国に生きているのです。

そのことを感じたのが、彼が送ってくれた写真の中で、家族を紹介してくれているものでした。特に彼のお母さんは、優しそうなおおらかな表情で、ターバンのようなものを頭に巻き、とても大きな目をしたビッグマザーでした。

また、地平線まで続くような広い茶畑で、彼が家族と一緒に仲良く茶摘みをしている写真は、とても印象的でした。家族が全員で協力をしながら一つのことをやり遂げようとしている。そんな彼らの姿が私の胸にとても熱く感じられ、このような家族の中で育てられた青年は、人への思いやりを決して忘れない人間へと育っていくにちがいないと思いました。

遠く離れたアフリカの地に住む心優しい家族の姿は、その場所から平和の一歩が築かれていることを教えてくれたのです。

そして数日後、とても素晴らしいことがありました。

彼が通う大学の近くに、一人の日本人女性が住んでいることが分かりました。そのことを、知人が私に教えてくれたのです。

私はすぐに彼女にメールを送りました。彼女からの返事には、「彼が通っている大学ではありませんが、違う大学で教鞭をとりながら、今もなお勉強を続けています」とありました。彼女は見ず知らずの私からのメールに、すぐに返信して下さいました。

それからのち、今度は彼からのメッセージに、「彼女から連絡を頂き、彼女の家にたくさんの仲間が集まった時に、参加をさせてもらうことができました。とても楽しかったです」とありました。

私には、タンザニアに住む彼との交流は、とうていできません。しかし、一度も会ったことはなくても、私を信頼して、彼に連絡までして下さった彼女の温かな心に、感謝の気持ちでいっぱいでした。本当にありがとうございました。

平和という言葉は、まだまだ遠くにあるのかもしれませんが、その国に住む温かな人々によって、一歩一歩前進していることを教えて頂いた出来事でした。

平和という大きな未来は、まずは一人一人の一歩から始まるのかもしれません。

## ピアノコンサート

ある日、近くに住む洋裁の先生の家で、数名の友人も集まって酵素作りをすることになりました。

その年は、先生のお隣の家の庭でたくさんレモンがとれたので、スーパーマーケットには売っていないような大粒のレモンをたくさん持ってきて下さいました。

とれたてのレモンを袋から出した時に香しい匂いが部屋中に広がり、私たちはしばらくの間、手にレモンを持ったまま、その香りに酔っていました。

それぞれが口々に、「いい香りね」と言いながら、そのうちの一人は、まな板の上で一個のレモンを包丁で半分に切って、鼻にこするようにして、さわやかな匂いを満喫していました。

しばらくして、私はレッスンを始めました。

「そろそろ酵素を作りましょうか」

「本当ですね！　始めましょう」

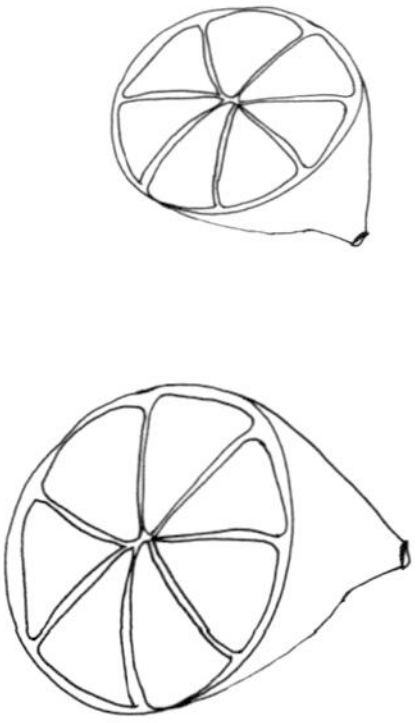

この日の酵素は、三個のレモンを薄切りにして、グラニュー糖と乳酸菌を入れて作ります。

レモン酵素の効用は高く、美肌の味方・飲む美容液です。レモンに多く含まれるビタミンCはメラニンの生成を抑制し、コラーゲンの生成を助けてくれます。

ナチュラルフードクッキングのレッスンにおいては、最初にレモン酵素作りを希望されることが多いのですが、これは、私が望むところなのです。

その理由として、和え物を作る時に酢を使いますが、ナチュラルフードクッキングのレシピでは、大さじ二杯の酢が必要ならば、一杯は酢、もう一杯はレモン酵素を使用して、合計二杯とするからです。酵素は、砂糖を分解してブドウ糖と果糖に変えるので、酢とレモン酵素で甘酸っぱい味になり、糖分の存在がなくなるのです。

夏野菜の一つであるキュウリの酢の物に、できたてのレモン酵素をお使い下さい。

なんとも言えない風味に変わりますので、きっとお気に召して頂ける一品となることでしょう。

これこそナチュラルフードクッキングです。野菜の栄養分と酢と酵素のトライアングルで、人の身体に優しい一品料理へと変化していくことがお分かり頂けると思います。

「最初に私が作ったレモン酵素をご笑味下さい」

「美味しい！」

そんな会話が弾む中、その日のレッスンであるレモン酵素作りが始まりました。

レモンはビタミンCの王様なので年齢を問わず、特に女性にとっては欠かすことのできない永遠の宝石のようなものなのです。

私たちは、にぎやかに話をしながらレッスンを始めましたが、時間が過ぎるのがとても早くて、すぐにお昼の時間になりました。酵素作りをする傍ら覚えて頂いた野菜料理二品が、花柄のかわいいテーブルクロスを敷いたテーブルに配膳されました。

洋裁の先生のご配慮で、何種類ものパンも並べられました。

このタイミングでレモン酵素を最後にザルにあけるのですが、ザルに残ったレモンも捨てないで下さい。

私は、このレモンを別の容器にとっておきます。

先生が美味しい紅茶を淹れて下さったので、その中に、酵素作りに使ったレモンを浮かべてみました。

酵素たっぷりの、少し甘い香りのレモンティーになりました。


もう一つお教えしましょう！

朝起きて、すぐにこのレモンを使って手をマッサージします。指先から肩に向かって、レモンを擦りつけるようにしてなじませます。あとは、水できれいに流すだけです。

肌がツルツルになって、レモンのかすかな匂いがとても気持ちいいのです。もちろん、顔や足にも同じようにマッサージしてみて下さい。身体全体がレモン玉になった気分になります。

「長い間台所に立ってきましたが、今日学んだことは初めてのことばかりだったので、とても勉強になりました」

このようなレッスンの感想を頂き、本当にうれしくて、私にとってもこれからの励みとなる一言でした。

ランチ終了後、午後から洋裁のレッスンが始まります。新しいことに出合った瞬間から、いつものレッスンに新しい何かが加わります。手を動かして縫い物をしながら、いつもと違う話題を楽しんでいるうちに、その場所がとても新鮮な空間になっていることに気づくのです。ナチュラルフードクッキングにおける新しい発見は、一人一人の生活観さえも変えることができ、今までとは違う自分を見つけることができて、なんだかうれしくなってきます。

午後から洋裁を学ばれる皆さまは、きっと素敵な時間を過ごされるに違いありません。

先日、一人の美しい女性が奏でるピアノコンサートへ行ってきました。その日、彼女が着ていたドレスは、背中の部分が大きくあいていて、両足の左右にスリットが入った、とてもセクシーなものでした。私は彼女の後方に座っていたので、流れるようにピアノを弾く後ろ姿にうっとりしてしまいました。一曲を弾き終えるごとに、スッと椅子から立ち上がり、抜群のスタイルでていねいにお辞儀をされる彼女の姿に、客席からの盛大な拍手が鳴りやむことはありませんでした。彼女は優しい面持ちでしたが、演奏はとても力強くて、こちらに迫ってくるパワーを感じさせられました。

ちなみに、このコンサートで彼女を飾った素敵なドレスは、彼女のお母様の手作りであったことを、お伝えしておきます。

洋裁の先生のご指導の下に、あのような素晴らしいドレスが出来上がったことを、レモン酵素作りのレッスンをしながら、洋裁の先生からお聞きすることができました。

あの日のコンサートで、私たちに心のこもった演奏を披露して頂いたのも、目には見えない陰の人たちの応援があってこそです。当然のことなのかもしれません。

一つの成功の陰には、数えきれないほどの何かが動き、最高のものへと導いてくれるのです。
私はピアノ演奏を聴くことが好きで、この文章を書きながらも、いろいろなメロディーに耳を傾けています。
シューマン「トロイメライ」
ショパン「小犬のワルツ」
グリーグ「夜想曲」
ドビュッシー「亜麻色の髪の乙女」
ベートーヴェン「エリーゼのために」
など……。
音楽に国境はなく、どのようなジャンルの音楽でも、さまざまな人の心を喜ばせ、癒し、勇気を与えてくれるのです。まるで生きるための哲学のようなものを奏でてくれるのです。

もし音楽に国境を作ってしまったら、平和の虹は消えてしまうでしょう。

平和の二文字を消さないためにも、音楽だけは、永遠に生き残ってもらいたいと思います。

## 朝市

石川県輪島市は、朝市で有名なところです。

朝の七時頃から、「おねえさん、こうてってー」と言う、お母さんたちのとても元気な声が、あちらこちらから聞こえてくるのです。

初めてこの輪島にやって来た人は、お客をつかまえたら離さないと言わんばかりの活気におされて買うことになるのです。控えめでありながらも豪快で闊達な輪島の女性ならではの気質を感じます。

ほとんどの女性がなぜかもんぺ姿に頭にはほっかむり。「さあ、こうてってやー」の言葉が、なんとも言えないくらい似合ういでたちなのです。

祖母が生きていた頃、朝早く起きて畑仕事を終えて戻って来た時には、ザルいっぱいにいんげん豆、茄子、キュウリなどを収穫してきて、「もう起きたんか、はよ、ごはん食べや」と言いながら、にっこりと優しく笑ってくれたことを思い出すのです。

その時の祖母ももんぺ姿で、頭にはほっかむりをしていました。畑仕事をする農家の女性にはこの装いがよく似合っていて、温かみを感じさせてくれるのです。祖母は、農家に生まれて農家に嫁いだ、日本の素朴で逞しき女性の姿をいつも見せてくれました。

ですから、輪島のお母さんたちは祖母と二重写しになり、よけいに親しみがわいてくるのです。

輪島の朝市はとても古く、千年以上の歴史があると言われ、先祖から受け継がれてきた、いわば伝統文化のようなものなのです。だから、軽々しく誰でもお店が出せるわけではないと、お聞きしました。

「朝市通り」といわれる通りには、毎朝数限りなく露店が出ており、日常では味わうことのできない素朴で力強いお母さんたちの声に、観光客はなぜか引き込まれてしまうのです。

以前は、地元の人たちの台所として利用されていたようです。何もかも新鮮なものばかりが手に入るので、大型冷蔵庫を抱えているような、私たちにとってはうらやましい限りの毎日の生活だったようです。

毎朝早く起きて、買い物かごを持って、その朝市に行くだけで、「こうてってー」の声に元気をもらい、かごがいっぱいになるほど、たくさんの野菜、果物、お饅頭と魚などを買うことができます。朝の清々しい空気の中でショッピングを楽しむことができるのですから、最高の気分になってもおかしくありませんね。

でも、あちらこちらから「こうてってやー」と言われるので、モテモテの気分になったようで、ちょっと気恥ずかしくもありました。

「ねえちゃん、どこから来た」

「神戸です」

「ほう、神戸か」

輪島のお母さんは、野菜を買った私の顔を長い間じっと見つめて、顔がしわくちゃになるほどの笑顔で、「はい、おつりだ」と言って、お金を渡してくれました。そして、手が重なった時、なんとも言えない温もりが、フワッと伝わったのを覚えています。

その手は私の祖母と同じく、土を愛し、土の中で人生を生きてきた、一見男性かと見間違うほどの逞しい手であったことが、とても印象的でした。

私は小学生の頃、大きな商店街のある地域に住んでいて、学校から帰ると、母と一緒に商店街の中にある市場へ買い物に行くのが常でした。

今でこそ、たくさんのスーパーマーケットがありますが、当時はなんでも豊富に売っている市場ほど、魅力のあるものはなかったのです。

同じ値段の野菜でも色艶も良く、大きくて、得をしたような気分になり、すぐに買ってしまいました。

大根の葉などは捨てる部分ですが、

「おじさん、大根の葉をもらっていい」

「ああ、いいよ。どんどん持っていきな」

と、お気に入りの八百屋に行くと、必ずこの言葉のやりとりがあり、次の朝には、炊き立てのご飯と、少し塩の効いた大根葉の浅漬けが食卓を飾るのです。

この時ほど、市場で買い物ができることの幸せを感じたことはありませんでした。そこには庶民の顔があり、売る方にも買う方にも、庶民の心がありました。毎日の食が進むことは、健康の秘訣でもあります。

飽食の時代と言われ、美味しいものが氾濫している現代において、素朴な食事こそが、私たちがもう一度返るべき原点であると思います。

ちょうどこの頃、私がお料理に興味を持ち始めた時でした。おそらくこれくらいの年齢の時期に、毎日のように市場へと足を運び、そこでいろいろなお店の人との出会いや、言葉のやりとりを体験したことで、私の心は知らず知らずのうちに、食への関心を持つようになっていったのかもしれません。

今考えれば、買う側の心を掴むかのように、店頭には季節の野菜が見事に洗練された並び方をしていて、私たちが手に取りやすい場所に置いてありました。

野菜も果物も、旬のものを手に取って、感じながら食べることは、人生に喜びを倍加させていくものです。

日本の春夏秋冬は、私たちが四季折々のものを食べられる幸せを感じてきた、大切な文化の源なのです。

それを誇りとして、生活を楽しんできた日本人だからこそ、「旬の味」から目が離せないのです。

地球温暖化の影響で年々温度が上昇しているために、春夏秋冬の季節感が少しずつ崩れかけているような気がするのは、私だけでしょうか。
「旬の味」を味わえる日が、いつまでも続くことを祈っています。

## ジャズストリート

神戸には、ジャズの愛好家がたくさんいます。もともとアメリカのニューオリンズがジャズの発祥地であることは、世界中の人たちが知っています。

神戸の街は一九九五年に阪神・淡路大震災がありました。当時は、荒れ果てた現実を目の前にして、「これがあの素敵な神戸の街並みなの?」と、人々は声を震わせました。

でも、その大地震に神戸の街は屈することなく、震災の翌年から、金木犀の甘い香りが街いっぱいに広がる十月に、再び「神戸ジャズストリート」というイベントが行なわれるようになりました。

そして、神戸山手の北野町に集まった人々に、勇気と希望を与えてくれたのでした。ジャズを愛する心は震災などには負けてはいけないと、お互いに心で励まし合いながら、神戸の街が新たによみがえる日を待ち続けていたのです。

私は高校時代にジャズを聴いて、それ以来、温かな人間味のあるジャズのリズムに、ずっと心をときめかせています。

当時、ＣＤはなかったので、レコード盤をステレオのレコードプレーヤーにかけて聴いていました。

お気に入りは、ピアノジャズで有名なオスカー・ピーターソンです。彼はカナダのジャズピアニストで、超絶技巧を誇りとしてピアノの八十八鍵をフルに使いこなすことができるため、ダイナミックな演奏をします。そして、流麗なアドリブを入れることから、「鍵盤の皇帝」と呼ばれるようになりました。彼の流れるような手の動きから生み出されるアドリブは、ピアノ全体を包みこむような繊細な音の響きとなって、私たちの心を魅了してくれるのです。

演奏中に時折見せるはにかむような笑顔も、ピアノの音色と絶妙なハーモニーです。あっという間に時間が過ぎて、心地好い空間の中にいる自分にハッと我に返ったことを覚えています。

数年前に、ドイツ人の友人が神戸に来た時、私の友人と三人でジャズの演奏を楽しみました。その日は十月の初めで、「神戸ジャズストリート」が行なわれていました。どの店の中もジャズファンでいっぱいでした。

久しぶりに東京からやって来た私の友人は、青年海外協力隊の一員でした。彼女は、インドネシアで大地震が起こった時に、ボランティア派遣隊員として救助活動に貢献してきたのでした。

英語が堪能な彼女は、ドイツ人の友人と私の共通の友だちで、久しぶりの出会いにずいぶんと会話が弾みました。

私たちがジャズの演奏に酔いながら食事をした店は、ジャズファンにとっては、戦後からの老舗と言ってもいいほど有名なところです。

ジャズのいいところは、クラシックと違って緊張感がなく、開放的な心で音楽を楽しむことができることです。ジャズを聴いていると、自然と手や足がリズムにのって動いてきます。身体全体が音楽のリズムに軽くのりながら、ワインを飲み、お酒を口にするわけですから、自然に食も進み、日頃のストレスも解消できるのです。

また、神戸のジャズには、伝統を感じるオーソドックスな部分が守られているように思います。神戸ジャズストリートには、ジャズを演奏しにヨーロッパから来る人たちが増えています。それは、ジャズの本場アメリカにもない、神戸独特のものだからだそうです。

ヨーロッパのジャズメンは、神戸ジャズストリートにやって来るジャズファンの情熱に特別なものを感じて下さっているようです。

彼らはその心に応えて、神戸でしか聴くことのできない、素晴らしい演奏をして下さるのです。

私も以前、神戸外国倶楽部で、たくさんの外国人ミュージシャンのジャズ演奏を聴いたことがありました。身も心もジャズに酔いしれた、素敵な時間を過ごしました。

年に一度のジャズの祭典に参加される方は、本当に高揚感で顔が紅潮し、ジャズを満喫されている様子がよく分かりました。

海外では、公園や道ばたの街路樹の下などで、音楽家が楽しく楽器の演奏をしている風景をよく見かけます。ドイツでも、店の外にあるテーブルに座って、ソーセージを食べながらビールを飲みながら、あるいは友だちや恋人とお茶を飲みながら、楽しく語らっています。その傍で、音楽の演奏が始まるのです。自然と耳は演奏の音へと傾けられて、そこに市民と音楽が一つになる空間が作られます。

すべてのものは、人々の生活の中で一緒に生きていくものでなくてはならないと思います。音楽を愛する人々の中でこそ、音楽の伝統が大切に守られていきます。音楽にはその可能性が十分に秘められていると思います。

ドイツ人の友人の奥様は日本人ですが、ドイツでも有名なフルート奏者です。彼女は時々日本にやって来て、東京や大阪でフルートのコンサートをされています。でも今回、彼は娘さんと二人で日本に来ていました。

彼は日本に来るのがとても楽しみだそうです。日本愛好家なので、日本人の友人もたくさんいます。滞在中は大変忙しく、限られた時間の中で東奔西走しながら、日本での友好活動に喜びを感じているようです。

私にはドイツ人の友人が数人いますが、ドイツでは、子どもの時から環境に対するしっかりとした教育が家庭の中で行なわれているということです。ヨーロッパの伝統と文化は、家庭の中で、親の背中を見ながら、自然と子どもが自分の中に取り入れていくのです。

海外、特にヨーロッパでは、日本のような息の詰まる教育方針はありません。勉強も含めて、一日の半分以上を自分で物事を考えて生活をしていくという、自立性を促す教育を推進しています。

社会や環境のことについても、無理なく家庭の中で、自然に口から出る言葉として、子どもは受け入れることができます。

親子のコミュニケーションの時間を家庭の中で大切に育んでいるからこそ、大人が分け隔てなく子どもを愛し、守ることができるのだと思います。

そのコミュニケーションの場を作る大切な場所が、母親が作る愛情のこもったお料理が並ぶ食卓です。美味しいお料理を口にしながら、いろいろなことを語り合い、親子の楽しい食事の時間となっていきます。子どもが一人の責任ある人間へと成長してくれることを願いつつ、その時間は厳しくも優しい言葉で、親が子どもへたくさんの愛情を注ぐのです。

そして、親子の語らいは、これからもずっと続きます。

# 冬の温もり

# 大切な日

三月といえば卒業式の時期です。

思春期の複雑な心をそっと隠したまま学校に通った日。そして、ある時は複雑な心を隠しきれず、他人に気持ちをぶつけることで自分を慰めた日。毎日が、大人へと大きく成長をしていく葛藤の繰り返しです。

しかし、そんな子どもたちも、この日は緊張の面持ちで卒業証書授与式にのぞみます。

学校での日々を振り返り涙あふれる子どもたち。仲間、ケンカ、喜び、孤独……数々の思い出があふれ出てきます。

もう、この場所で友達と一つにはなれない。

今日は、友達と一つになることができる最後の日。

彼らの胸いっぱいにこみ上げる感情が、こらえきれずに涙となって、「ありがとう！　また会おう！」と、心で叫んでいるのです。

また、この日は、揺れ動く思春期の子どもを育ててきたご両親にとっても、満足感と未来への不安が入り混じる、不思議な日でもあります。


二〇一一年の我が子の卒業式の日は、私の人生の中で決して忘れることのできない日となりました。

それは……卒業式を終えて家に帰り、昼食を作りながらテレビのスイッチを入れました。ニュースで、宮城県で地震があったと伝えています。

そういえば、阪神・淡路大震災の時も、前日に東北の沿岸一帯に、小刻みに小さな地震があったのを覚えています。私は阪神・淡路大震災を神戸の地で経験したので、テレビを見た時、悪い予感が走りました。

チャンネルをいろいろ変えてみました。

あれ？

その時間はどれくらいだったでしょうか。

どこの番組も、海が荒れ狂っている画面ばかりで、異様な感じを受けました。

次の瞬間、津波の画面になり、初めて地震と津波がつながりました。

家や船が波に呑み込まれています。そして人間も。

初めて見る信じられない状況は、まるで映画のようでした。息を殺して見てしまう迫力と恐怖が入り混じるシーンでした。


卒業式の感動の涙はどこへ行ったのか、テレビ画面を見ながら、悲しみの涙をこぼしている自分に気がつきました。それと同時に、阪神・淡路大震災の時には、長い間停電でテレビを見られなかったのですが、後日、電気が使えるようになってから、あらためて地震の悲惨さと莫大な被害を被った神戸の街をテレビで見て、身体が震えたことを思い出しました。

二〇一一年三月十一日、この日は、子どもの未来に拍手を送る一方で、子どもの未来が閉ざされた日でもありました。

その二つのことが重なり合う、忘れることのできない日となったのです。

それは、卒業式になると思い出す大切な日となるでしょう。その日、東北で荒れ狂う波の中で、何が起こっていたのかは想像したくもありません。ただ、自然に対してどうすることもできない、運命の力によって閉ざされてしまった命を大切に思う心だけは、忘れずにいたいと思うのです。

阪神・淡路大震災の時、私は三人目の子どもがお腹の中にいました。

地震が起きた一九九五年一月十七日早朝、畳の下からドリルで突き上げられるようなドーンという音と共に、びっくりして目が覚めました。

それから激しく縦に揺れたのを、はっきりと覚えています。そのあとも揺れは長く続きました。少し揺れがおさまったので、二階にいた家族全員で足早に階段を駆け下りて外に出ました。しかし、ご近所の方は早々と外へ出られていました。

私は、隣に住む人に「もっと早く出ておいで！」と、激しく叱られてしまいました。

何が起こったのか、今、自分は何をしているのか、その時にやっと分かりました。その時、心だけが逸って、もし急いで階段を下りてすべって転んでいたら、子どもの命はなかったと思います。

お腹の子どもは妊娠六か月目に入ったところでした。

この年、母親と共に阪神・淡路大震災を経験した新しい生命があちらこちらで誕生するたびに、誰もが心からの拍手を送りました。そのことだけが、地震から逃れて生きている人の支えにもなり、喜びとなっていたのです。そして、このことは、いつまでも風化されることなく、ずっと語りつがれています。

大切な日は、忘れることなどできないのです。

## 大人の世界にも

現代社会のキーワードともなる「いじめ」は、学校の中で起きる、子どもだけの問題なのでしょうか。いつもマスコミで取り上げられるのは学校での事件ですが、年代には関係なく、大人の世界にも、さまざまな場所でいじめに似たようなことは氾濫しています。

さまざまな組織や団体の中で、特に女性だけでの運営を必要とされる場合があります。今までは、男性の下で自身の役割を強調できていたことができなくなると、そのリーダーとなった女性に対して、言いようのない嫉妬心がわいてきます。

そして、ゆっくりと何かが始まるのです。

子どもは人生経験も浅く心も純粋なので、小さなことでも傷つきやすいものです。しかし、子どもが成長している時でも、その段階が終わってからでも、大人の世界の嫉妬心を垣間見てしまうと、想像をはるかに超えるつらいものがあります。

人は、自分自身が脚光を浴びたいと思う時、誰かをターゲットにして暴言を浴びせることがあります。それは、心の思うままに自然と口から出てきてしまうのです。言葉そのものは違えども、同じようなことを数人から浴びせられたら、その人はどのようになると思いますか。

もしかしたら涙をこらえることができなくなり、人間不信に陥ってしまうでしょう。

人生というものは、自分を不幸にしようとする大小の波が、常に襲いかかってきます。反対に、波風も立たない平凡な人生は、味気ないものになってしまうのではないでしょうか。

「いやいや、私の人生に波風などいらない」と、言われる人もいるかもしれませんが。

実は先にお話しした一例は、実際の出来事です。ターゲットとされた人は、男性から女性へとリーダーが代わる際に、そのポジションを託され、仲間から攻撃を受けたのです。攻撃にじっと耐え、笑顔を絶やさずに三年間を過ごしていきます。

その人は、仲間との諍いだけは決して起こさないようにしようという信念を持っていました。自分自身が今の立場でよかったんだと、最後に思うために。

知恵を働かせて、攻撃してくる仲間の一人一人をじっと観察しながら、心眼を持って話をしていきました。

しかし、気に入らない人たちにとっては、その冷静で落ち着いた態度が火に油を注いだのです。

冷静に話をするその人の一つ一つの言葉にじっと耳をそばだてながら、語尾が間違っていようものなら、すかさず揚げ足をとって、互いに目で合図をして、その中の一人が罵倒するのです。

その時、ターゲットとされていた人は言いました。

「家族を持つ人が他人を傷つけるような行動をして、自分の家族の絆はどうなっていくのだろうか」

しかし、他人を攻撃するような人ほど、自分の家族に対しては愛情深く接していて、特に子どもに関してはこのうえなく大切にしているのです。

他人を攻撃する心と家族を愛する心、この二つの心をコントロールしながら一日の生活を回転させていく技は、たいしたものです。

いや、その歪みはきっとあるはずです。

家族の中で、誰かが我慢をしていると思うのです。でも、その我慢をしている人のことも、彼らは自分の手のひらでうまくコントロールしているのでしょう。

ここで、共通することがあります。

子どもの世界でも大人の世界でも、誰かを吊し上げることに喜びを感じる人たちは、仲間同士で心が通い合っているのかというと、まったくその逆なのです。

心の中で聞いてもらいたいことが、たくさんあるのでしょう。そして、自らを理解してもらえないから、自分よりも弱者だと思う人を探すのです。

本当の友だちと言える人がいないのではないでしょうか。

子どもの頃に、降り注ぐほどの母親の愛情を受けて、育てられたのでしょうか。


人を傷つけた結果、その人に残るものは、「孤独」の二文字だけなのです。

孤独は恐い。

孤独は寂しい。

孤独は辛い。

だから、人を傷つけることを同じ目的として、その場では仲間を装って同じ気持ちになり、安堵するのです。

ターゲットとされた人が素晴らしいのは、自分自身に与えられた困難を踏み台にして、将来のために強くなろうと思ったところです。

人生の本当の課題は、「強くなること」です。

だから、大きな波風が立った人の方が、最後は心が豊かになるのです。また、そのことを、人生の中で意味のあるものと思い、努力をしながら上手に消化をしていくことのできる人が、本当に強い人だと言えるのです。

気の強いことが、本当の強さではありません。どのような小さな困難に対しても心を強くしていくことが、人生を豊かにしてくれる大切なエッセンスです。

私たちの毎日の生活の中では、心を強くしてくれる出来事がたくさんありますね。

そのことから逃げるのか、寄り添っていくのかは、我のみぞ知る。

寄り添っていける自分でありたいものです。

今、ターゲットにされた人は攻撃してきた彼らのことを、こう思っているそうです。

「会いたくはないけれど、もしもどこかで会ったなら、あの時は大変お世話になりましたと、笑顔で伝えたいと思います」

## 陰《かげ》に徹して

野菜は「実を食べる」「葉・花を食べる」「茎を食べる」「根を食べる」、この四つに分類されますが、これは「食べる部分」による分類の仕方です。

これに関連して、ジャガイモが茎を食べるのに対して、さつまいもは根を食べることをご存じでしょうか。

「えっ！　ジャガイモは茎なの？」と、思われる方が多いと思いますが、同じ仲間に里イモやレンコンなどがあります。

根を食べるものとしては、ニンジン、大根、ゴボウなどがあります。

私の好きなスープに、「根菜のホワイトシチュー」があります。根菜とは、土の中で育つ野菜のことです。

根菜は、土の中の養分をたっぷり吸いながら、太陽と出合う瞬間に、汚れた土をつけたまま人間の手で収穫をされるのです。外の世界を初めて肌で感じた感想はどんなものなのでしょうか。

土の中から掘り起こされた時、その野菜の価値も判断されるわけです。

根菜のホワイトシチューは、ナチュラルフードクッキングらしくタマネギ、ニンジン、里イモ、ゴボウ、レンコンなどを豆乳で煮込んで作ります。牛乳と違って、豆乳のコクは根菜の風味を一段と引き立てる近道を教えてくれます。牛乳が牛の乳ならば、豆乳は豆の乳で、植物性たんぱく質の代表でもあるために、そのお味は非常にやさしくて、まろやかなのです。

また、これらの根菜には、ビタミンCなどのビタミン類や食物繊維がとても豊富で、私たちの身体に欠かせない大切な栄養素が含まれています。

これらの土の中で育つ野菜を人にたとえて言うと、「陰に徹する人は、必ず陽になる」でしょうか。つまり、いつかは本当のことが分かり、その人を必要とされる時が来ることを教えてくれているように思います。目に見えないところで、忍耐強く物事を支える側に立つ人は、陰の立役者と言われるように、最後にはその人への一番素晴らしい徳を得ることができるのです。

しかし、陰に徹するには、物事を見抜いていく観察力や洞察力が必要とされます。人の心の動きにじっと目を凝らしながら、間違っている方向に向かっている時には、いかに正しい方向へと向かうようにするかが、大きな一手となります。それは、少し時間がかかりますが、本当に力のある人は、時が来るのをじっと待つことができるのです。そして、満を持して物事が成就するのです。

黙々と陰に徹する様子は、必ず見てくれている人がいます。その人によって、陰の人は陽の人として周りにも認められ始めるのです。

成功の陰には、必ず目に見えない何かが動いているものです。

土の中で育つ野菜は、味にクセや匂いがあります。それは、土の養分を吸収しながらゆっくりと育っている時は、「私はここにいます」と声を上げることができないからでしょう。「美味しい」と言ってもらえることをただ信じて、太陽の光と出合える日が来るまで、じっと待っているのです。

でも、暗い土の中で辛抱強く育つ忍耐力には、本当に感心します。また、太陽の光を浴びて育つものもあれば、土の中で育つものもあるのは不思議なことです。収穫される時期は同じでも、それまでの人生に明暗があることは、自分自身で決めたことではなく、決められていた運命なのかもしれません。

「太陽の恵み」と「大地の恵み」、この二つの言葉はどちらも広大な意味を持っていて、どちらが良くてどちらが悪いということはありません。人間も同じで、心一つで素晴らしい人生を歩んでいくことができるのです。

根菜は私たちにとって、身体の機能を十分に生かしきるための、大切な栄養素を持つ野菜なのです。そして、これらの野菜もナチュラルフードクッキングの魔法にかかれば、野菜そのものの持ち味を生かしながら、ほんの少しの調味料で味付けをしていくので、「これがレンコンの本当のお味！」と頷かせることができるお料理へと変身していきます。

ナチュラルフードクッキングは、本当の野菜の味をあらためて知ることができる術を、教えてくれるのかもしれません。

人には、根菜のように、誰にも見えないところで黙々と成長していく時間も必要です。その時、きっと誰かが、そのひたむきに頑張っている人の手をそっと掴んで、大船に導いてくれるはずです。

「待てば海路の日和あり」とは、よく言ったものです。

# アロマタイム

「あなたは、なんの匂いが好きですか」と聞かれたら、どのように答えますか。
「私の好きな匂いは、蓮です」
これが、私の答えです。

数年前に、東京のある美術館へ行った時、館内に香りのコーナーがあり、そこで「蓮」の香りのフレグランスディフューザーを購入しました。それを自宅の玄関に置いて、「蓮」の香りを楽しんだことがありました。なんとも言えない涼やかな気品のある香りで、とても気に入りました。

それ以来、いろいろな香りを試してみましたが、やはり私の中では「蓮」の香りに優るものはありませんでした。

別の香りと混ぜ合わせて使う時も、ベースになるものは「蓮」がベストだったのです。


香りのある生活といえば、「アロマテラピー」という言葉が日本に広がり始めて二十年になります。現代のストレス社会において、心と身体をリラックスさせていくことを目的としたものです。植物の持つ香りや成分を利用して幸福感を味わうことを、健康維持に役立てたのです。

それは、若い女性の間に一つの文化として広まっていきました。

アロマテラピーの楽しみ方の一つに、芳香浴があります。天然のアロマオイルを使って、お部屋の中を自分好みの香りでいっぱいにすることで、日常のストレスから解き放たれ、ゆったりとした気分を味わうことができます。

私の場合、芳香浴にはアロマライトを使います。電球の熱を利用したミニポットを使い、お皿の上に水とアロマオイルを入れて、部屋の中に香りを充満させていきます。

愛用しているオイルは、「蓮」と「桃」です。部屋の雰囲気に応じて「蓮」、「桃」、「蓮＋桃」の三種類を使い分けています。

外出先から帰ってきて玄関に入った瞬間、「桃」の甘い香りが「おかえりなさい」と優しく包んでくれます。

台所には、「蓮＋桃」の甘くて気品のある香りが漂い、疲れていても、お料理をする楽しみの心を押し出してくれるのです。

文章を書く部屋は「蓮」の香りです。部屋の中で涼やかに香っています。書く手を止めて考えにふけっている時に、「蓮」の香りがフッと身体の中に入り、頭の中をスッキリとさせてくれます。

アロマオイルは香水などと違って、お気に入りの香りの空間が心と身体のバランスを上手に調和し、リラックスさせてくれるのです。

他にも、お風呂で使ってみたり、ハウスキーピングやアロママッサージで使ってみたりと、たくさんの方法があります。

自分流のアロマ戦略を探してみてはいかがでしょうか。

ナチュラルフードクッキングにも、野菜を美味しくするための香辛料があります。食欲を増進させたり、消化を促したりと、私たちの健康にうれしい効果をもたらしてくれます。

その効用を言葉で表すと、

・コクを出す
・香りをつける

・食欲をそそる
・風味を出す
・旨味を引き出す

など。

ナチュラルフードクッキングで使われる香辛料を香りの種類で分類すると、ハーブ系というものがあります。

・ペパーミント
・ローズマリー
・クラリセージ
・マージョラム
・タイム

これらはアロマテラピーでも使われる香りですが、ナチュラルフードのお料理を作る時のアクセントとしても使われることが多いハーブです。

その一つ、ローズマリーは、私のお気に入りです。

ある日、友人が庭で育てていたローズマリーを持って来てくれました。シソ科の一種ですが、鼻にツーンとくるクリアな香りは、樟脳を思い出させてくれます。何かに集中したい時、ローズマリーの香りが頭をリフレッシュしてくれるのです。

私が塩の大切さを知った時、少し高値の塩にローズマリーの葉をちりばめておきました。ローズマリーの香りがブレンドされたその塩を使うと、お料理の味がグッと引き立ちました。

ところで、アロマオイルにも、混ぜ合わせた時に良い香りを放つための相性があるのをご存じでしょうか。

ちなみにローズマリーは、ペパーミントやバジルなどと相性が良いのです。

どの世界にも、相性が良いパートナーは必ずいるものですね。相性が良い場合は、必ずお互いの良さを引き出すことができるので、とてもいい香りを放ってくれるのです。

人生の中における香りは、とても大切な影のような存在です。

実際の香りはもちろんですが、歩んできた人生からかもし出される人間性を、「あの人は優しい心を持つ香りがする」とか「その場を和ませる香りを持った人」などと、比喩的に使われることもあるのです。

香りの好みは、年齢や経験によってもきっと違ってくるでしょう。しかし、苦しみや悲しみを味わい、涙を流しながらも、励ましてくれる誰かに支えられ、再び希望を持って人生を歩いてきた人には、その日々の中でしか作られない香りがあり、ある時、その香りを芳しく放ち、その人の魅力となっていくのです。

人格や品格とは、その人の人生の良き香りなのかもしれません。

常々、あらゆる場所で、私もその場に応じた自身の香りを上手に放ちながら、交流を広げ、友情を深めていきたいと思っています。

アロマテラピーとナチュラルフードは、使い方に相違はあっても、共に香りというエッセンスで、ストレス社会から人を解放し、幸福の種を与えてくれるものです。

ナチュラルフードクッキングを学ぶことは、これからの地球市民としての在り方を考えていく上で、私たちにヒントを教えてくれるのかもしれません。

# 絆

この数年の間に、「絆」という言葉で、どれだけ私たちの人生が励まされたことでしょうか。東北地方で東日本大震災が起こってからは、特に大切な言葉になっていきました。

一九九五年に神戸を襲った阪神・淡路大震災の時、路頭に迷う私たちが口にしたのは、近隣の大切さでした。

「日頃から近隣とのつながりを大切に」

この言葉が絆を生んでいったのです。そして、たくさんの人が応援して下さり、神戸の街は、復興の足跡を刻むことができたのです。

つい最近、淡路島を震源とした地震がありました。それは、一九九五年を思い出させるような、強い揺れでした。

その後、夕方に買い物に行った時、なぜかたくさんの知人と会いました。

「今日、強い地震があったでしょう」

「久しぶりの強い揺れだったね。恐かったわ」

「あの時の地震を思い出したね」

神戸で震度7の地震を経験した私たちは、家が揺れることにとても敏感になっているのです。

今でも東北地方で頻繁に余震がありますが、住んでおられる方は、不安になられることでしょう。

海に囲まれた地震大国の日本は、今後どのようになっていくのでしょうか。

私たちはさまざまな「絆」の中で生きています。

「親子の絆」「兄弟の絆」「夫婦の絆」「友情の絆」「地域の絆」「同志の絆」、そして、「師弟の絆」も。

何気なく思えるような日々でも、大切な繋がりの中で、私たちは毎日を過ごしているのかもしれません。

「絆」という言葉には、相手を思いやる深い心が脈打っています。

それは一朝一夕でできるものではありません。時に、私たちは相手の気持ちも知らずに、人生を歩んでいることもあります。

「絆」は、どのような場合でも、目的を同じくする時に生まれることが多いのではないでしょうか。

お互いを理解しようとして、一つの目的を達成するために心を一つにして、行動を共にしていくからです。

初めて出会った人でも、同じ目的を持っていれば、同じ気持ちで行動ができます。子どもが悩んでいる時、子どもの幸せのために、母親も同じように悩み、解決策を考えていきます。

子どもが悩んでいることは苦しいのですが、あとになってみれば、もっと心豊かな自分になっていることに気づかされます。

悩んでいる子どもの心をしっかりと掴んで、子どもの心に、このように伝えるのです。

「苦しいね。お母さんには分かっているよ。でも、きっと乗り越えられるから。私はあなたを信じているよ」

この言葉を、子どもの背中に、オーラのようにまとわせていくのです。

悩んでいる子どもはそのことにまだ気づきません。でも、母親は気づいてくれる日をじっと待つのです。

長い年数がかかるのを承知で、母親は、信じることのオーラを送り続けます。

そして、子どもが巣立っていった時に、その子は大切なオーラを、背中ではなく、少しずつ目の前で受けとることができるようになるのです。

そこで子どもは、やっと気づくのです。

あの時の自分を支えてくれたものは、なんだったのかを。

子どもが母からのオーラに気づく時、大切な「親子の絆」が生まれるのです。

私はナチュラルフードコーディネーターですが、それぞれの野菜が持つ自然の効力を、どのようにすれば身体に優しく生かすことができるか日々研究しています。

「手作り酵素」も、発酵し、熟成するのをじっと待って、果物や野菜のエキスそのものを、私たちの身体の中に浸み込ませていきます。それらは身体の中のさびたものを少しずつ取り除きながら、きれいにしてくれます。

その時、人と野菜との間に「信頼の絆」が生まれているのかもしれません。


そして、もう一つ大切なのは、「師弟の絆」だと思います。

「この師ありて、今の私がありますと、言われる方も多いでしょう。

人生で道に迷った時、苦しい時に、励まして下さる師の言葉ほど、ありがたいものはありません。

人生は師ありてこそ、希望を持って、自身の人生を完成されたものへと近づけるために、毎日を歩み続けていけるのではないでしょうか。

人は皆一人きりで、母親のお腹を借りて、一生懸命に力を尽くして生まれてきますが、死へ旅立つ時も、一人で幕を閉じなければなりません。

だからこそ、それまでに完成された人生に一歩でも近づくために、私たちは指標となる人の言葉を探すのです。

昔の偉人の言葉を師と仰ぐ人もいます。

私たちは、現代の偉人からも、自分の人生の素晴らしい生き方を学ぶことができます。

その中で、人生とは「心」で決まることを知ります。

その心をどのようにして磨いていけばいいのかを、知ることができます。

そこには、感謝の心がたくさん生まれてくるのです。

感謝の心は生きるための勇気となって、自身を磨き続けていきます。

# おわりに

ナチュラルフードコーディネーターとなった私は、野菜の新たな魅力に驚き、感動する毎日を送っています。

その中で、「手作り酵素」はとても好評です。

四季折々の旬の果物を使って、自らの手で混ぜながら発酵させていくことこそが、自分の身体のための酵素を作り上げる唯一の方法なのです。

朝起きて、庭の木々や草花に水をやり、愛犬に「おはよう」と言って、私の一日は始まります。

そして、大きめのコップで冷水を飲むのが習慣となっています。その時、必ず酵素をたっぷりと入れます（酵素を飲む量は一日六十ミリリットルまでです）。

最近、冷蔵庫に「葡萄」「洋梨とリンゴ」の新しい酵素が仲間入りしました。葡萄はピオーネを使いましたが、ワインの色よりもずっと深みのある紫色です。

朝の葡萄酵素入りの冷水は、喉を潤し、身体の中に浸透していくようで、とても美味しいです。

生徒の皆さんから、電話やメールでいろいろな質問を頂きます。

ナチュラルフードクッキングは、野菜の新しい発見に感動するだけでなく、野菜の魅力を通じ、人と人を結びつけることができます。

新しいものを見つけた時に人と人とが出会って、そこに「絆」が生まれる大切な「時間《とき》」でもあります。

「時間《とき》」を大切にすることは、自分を大切にすることなのです。

二〇一三年九月

## 著者プロフィール

**藤村 喜美**（ふじむら きみ）

神戸市生まれ。神戸親和女子大学文学部英文学科卒
ナチュラルフードコーディネーター
日本創芸学院ナチュラルフード講座 最優秀成績賞受賞
日本通信教育振興協会主催「第25回生涯学習奨励賞」文部科学大臣賞受賞

野菜と果物の新しい魅力を発見しながら、人との出会いを大切にする日々です。

「手作り酵素」と「ナチュラルフードクッキング」で、手間をかけずに作れる、身体に優しいお料理を提案しています。



## 咲きゆく時間《とき》

2014年 4 月15日　初版第 1 刷発行

著　者　藤村 喜美
発行者　瓜谷 綱延
発行所　株式会社文芸社
〒160-0022　東京都新宿区新宿1－10－1
電話　03-5369-3060（編集）
03-5369-2299（販売）

印刷所　株式会社エーヴィスシステムズ




ISBN978-4-286-14462-7